共和国的历程

扭转战局

志愿军发起第二次战役

刘 亮 编写

蓝 天 出 版 社 吉林出版集团有限责任公司

图书在版编目（CIP）数据

扭转战局：志愿军发起第二次战役 / 刘亮编写.
—北京 ：蓝天出版社，2014. 1（2023.3重印）
（共和国的历程）
ISBN 978-7-5094-1084-4

Ⅰ. ①扭… Ⅱ. ①刘… Ⅲ. ①革命故事－作品集－中国－当代 Ⅳ.
①I247. 8

中国版本图书馆 CIP 数据核字（2013）第 305417 号

扭转战局——志愿军发起第二次战役
编　　写：刘　亮
策　　划：金永吉　荆忠峰
责任编辑：祖　航　梅广才
出版发行：蓝天出版社　吉林出版集团有限责任公司
地　　址：北京市复兴路 14 号
邮　　编：100843
电　　话：010—66983715
经　　销：全国新华书店
印　　刷：北京柏玉景印刷制品有限公司
开　　本：710mm×1000mm　1/16
字　　数：69 千
印　　张：8
版　　次：2014 年 4 月第 1 版
印　　次：2023 年 3 月第 3 次
定　　价：29.80 元

前　言

中华人民共和国自1949年10月1日成立以来，已走过了六十多年的风雨历程。历史是一面镜子，我们可以从多视角、多侧面对其进行解读。然而有一点是可以肯定的，那就是，半个多世纪以来，在中国共产党的领导下，中国的政治、经济、军事、外交、文化、教育、科技、社会、民生等领域，都发生了深刻的变化，中国人民站起来了，中华民族已屹立于世界民族之林。

这段时间放到整个历史长河中是短暂的，有如弹指一挥间，但它带给中国的却是极不平凡的。六十多年里神州大地经历了沧桑巨变。从开国大典到60年国庆盛典，从经济战线上的三大战役到经济总量居世界前列，从对农业、手工业、资本主义工商业的三大改造到社会主义市场经济体制的基本确立，从宜将剩勇追穷寇到建立了强大的国防军，从废除一切不平等条约到独立自主的和平外交政策，从“双百”方针到体制改革后的文化事业欣欣向荣，从扫除文盲到实施科教兴国战略建设新型国家，从翻身解放到实现小康社会，凡此种种，中国人民在每个领域无不留下发展的足迹，写就不朽的诗篇。

六十几年在历史的长河中犹如沧海一粟，但对身处其间的个人却是并非无足轻重的。其间究竟发生了些什么，怎样发生的，过程怎样，结果如何，非人人都清楚知道的。对此，亲身经历者或可鲜活如昨，但对后来者却可能只是一个概念，对某段历史的记忆影像或不存在或是模糊的。基于此，为了让年轻人，特别是青少年永远铭记共和国这段不朽的历史，我们推出了这套《共和国的历程》。

《共和国的历程》虽为故事形式，但与戏说无关，我们是想借助通俗、富于感染力的文字记录这段历史。这套丛书汇集了在共和国历史上具有深刻影响的重大历史事件。在丛书的谋篇布局上，我们尽量选取各个时代具有代表性的或深具普遍意义的若干事件加以叙述，使其能反映共和国发展的全景和脉络。为了使题目的设置不至于因大而空，我们着眼于每一重大历史事件的缘起、过程、结局、时间、地点、人物等，抓住点滴和些许小事，力求通透。

历史是复杂的，事态的发展因素也是多方面的。由于叙述者的视角、文化构成不同，对事件的认知或有不足，但这不会影响我们对整个历史事件的判断和思考，至于它能否清晰地表达出我们编辑这套书的本意，那只能交给读者去评判了。

这套丛书可谓是一部书写红色记忆的读物，它对于了解共和国的历史、中国共产党的英明领导和中国人民的伟大实践都是不可或缺的。同时，这套丛书又是一套普及性读物，既针对重点阅读人群，也适宜在全民中推广。相信它必将在我国开展的全民阅读活动中发挥大的作用，成为装备中小学图书馆、农家书屋、社区书屋、机关及企事业单位职工图书室、连队图书室等的重点选择对象。

编　者

2014 年 1 月

目录

目录

一、实施围歼

●美军第八集团军司令沃克私下对部下说："一旦闻到中国军队炒面的味道，就立即撤退。"

●彭德怀说："我们要给麦克阿瑟下个套子。"

●彭德怀正拿着放大镜在地图上晃来晃去，他把洪学智、邓华和解方叫来，指着地图上的德川和宁远说："就在这里！就在这里！"

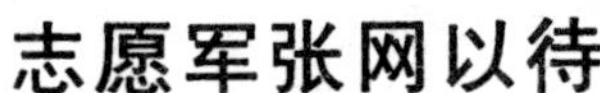

志愿军张网以待

1950年11月，以彭德怀为司令的中国人民志愿军在第一次战役结束后，紧接着，又为“联合国军”布下了一张人网。

“联合国军”并未料到他们在越过“三八线”进入北朝鲜的情况下，会遭到中国志愿军的突然进攻，而且在此之前，他们也没有收到任何中国军队已经跨过鸭绿江的情报。

“联合国军”被打得措手不及，只得全面撤退至清川江以南，这让华盛顿当局非常慌张。

1950年11月4日，麦克阿瑟像安慰孩子一样安抚华盛顿政府方面紧张的神经。

麦克阿瑟用教训的口吻向华盛顿政府有关人士说：“目前还不可能对中国共产党在北朝鲜进行干涉的真实性作出有力的估计……我建议在条件还不够成熟的时候，不要轻率地作出结论。我相信最后的估计还有待于更全面地积累军事情报。”

在入侵朝鲜半岛之前，美国政府判断新生的中国政府不敢出兵朝鲜，也不敢与世界头号军事强国较量，因此，就派出麦克阿瑟率领“联合国军”在仁川登陆了。

麦克阿瑟是两栖作战专家，他毫不费力地就取得了仁川登陆的胜利。这让美国政府很高兴，于是放手让麦克阿瑟去干。麦克阿瑟也很卖力气，很快就推进到了“三八线”以北。

但就在美国政府扬扬自得的时候，美军在朝鲜遭到了沉重打击，尤其是素有所谓美国“开国元勋师”之称的骑兵第一师在云山遭到重创后，他们认为朝鲜人民军是没有这样的战斗力的。

这好似当头一棒，打醒了美国军队。他们终于明白，中国政府没有食言，真的派兵参战了。于是，华盛顿当局立即致电麦克阿瑟，让他对此作出判断。

麦克阿瑟却依然相信这只不过是少量中国支援部队在捣鬼。电报发出还不到 24 个小时，他就收到了前线的告急报告。

西线的美军第八集团军司令官沃克报告说：“第八集团军在清川江以北遇到中共军队的突然袭击，南朝鲜第六师在温井以东和楚山以南被中共军队包围，几乎被全歼；美骑兵一师第八团和南朝鲜第一师十二团在云山被包围，大部被歼……”

鉴于情况危急，沃克已经下令将部队撤退到清川江以南。

东线的美军第十军军长阿尔蒙德报告说：“美军陆战第一师和南朝鲜第一军在长津湖和赴战湖以南的山区遭到中共军队的顽强抵抗，激战数日无进展，部队伤亡严重，难以按照预定计划迂回到江界……”

麦克阿瑟听了报告，不禁惊得目瞪口呆。当天晚上，他给远东空军司令斯特拉特迈耶下令，出动90架轰炸机于第二天轰炸鸭绿江大桥。

斯特拉特迈耶敏感地意识到，这个命令可能引发政治危机，当即问麦克阿瑟："将军，飞机一旦轰炸鸭绿江大桥，我不敢保证炸弹不会落到对岸的中国城市……这似乎不符合华盛顿的指示吧？"

"你难道还不明白，中国人已经和第八集团军干上了吗？"麦克阿瑟对着电话咆哮道。

"是！"斯特拉特迈耶不得不退一步，"我将执行您的命令。但是，涉及轰炸朝鲜和满洲边境线的问题，我应该向参谋长联席会议报告。"

"随你的便吧。"麦克阿瑟不耐烦地挂了电话。

斯特拉特迈耶把麦克阿瑟的命令以"通报副本"的形式报告了美国五角大楼。这一下子就捅了马蜂窝了。

美军参谋长联席会议紧急磋商后与总统通了电话，他们都不同意对鸭绿江大桥进行轰炸。

于是，在距离远东空军准备预定轰炸鸭绿江大桥还有一个半小时的时候，华盛顿要求麦克阿瑟陈述其轰炸的理由，并命令麦克阿瑟推迟轰炸。

狂妄骄傲的麦克阿瑟立即怒气冲冲地给参谋长联席会议回电，指责华盛顿政府的决定使他的部队陷于绝境，"而且几乎是很快就将使我军面临全军覆没的危险"。

在回电中，麦克阿瑟强调："唯一阻止敌军这种增援的办法，就是摧毁这些桥梁，并把朝鲜北部地区所有有助于敌军援军推进的设施，最大限度地置于我军空军的摧毁范围之内。这个行动每延迟一个小时，都将多付出大量的美国人及其他联合国成员国人员的宝贵鲜血。”

最后，麦克阿瑟还宣称：“参谋长联席会议的命令将导致严重的后果，除非总统亲自和直接了解到当前的朝鲜局势，否则我是不会对此承担责任的。”

满纸的怒气和“鲜血”吓坏了杜鲁门，他不再犹豫，指示麦克阿瑟：“同意轰炸但应推迟，除非这样做会危及到美国军队的安全。”

参谋长联席会议也屈服了，但只授权麦克阿瑟轰炸鸭绿江大桥朝鲜一端。迷惑不解的飞行员接到命令后问他们的总司令：“司令，如何炸掉桥的一半？”

这个命令让麦克阿瑟非常不舒服。于是，他利用自己的威望狠狠地“修理”了参谋长联席会议和华盛顿当局，把所有反对自己计划的人训得像听话的小孩子。与此同时，麦克阿瑟制订了占领全部朝鲜的“圣诞攻势”计划。

这个作战计划使华盛顿当局又恢复了信心，连杜鲁门都酸溜溜地承认，这将为麦克阿瑟军事生涯画上闪耀着辉煌胜利光环的句号。

然而，这个计划在前线美军的眼中可不那么完美，因而在执行的过程互不协调，甚至有的拖拖拉拉。

美军第八集团军司令沃克同意重新发起进攻，但拒

绝对进攻的具体时间作出承诺。同时，他还私下对部下说：“一旦闻到中国军队炒面的味道，就立即撤退。”

东线主攻的陆战第一师师长奥利弗·史密斯拿出了陆战队独来独往的派头，不再理睬顶头上司的软硬兼施，命令部队尽量放慢前进速度，行军时要“不慌不忙”，每天都要确定行进目标，全师部队尽量保持集中，以便彼此照应。

这样，完全机械化的陆战一师用了17天才走完大约60公里的山路，于24日到达长津湖。

美军这样磨磨蹭蹭，使志愿军总司令彭德怀有些着急，因为他已经给“联合国军”布下了一张大网，就等着他们钻进来。

彭德怀的战役设想

早在抗美援朝第一次战役结束的前一天，志愿军总司令彭德怀就致电毛泽东，提出志愿军下一步作战的基本设想：

> 在内线要点上，构筑必要的工事。如敌再进，让其深入后歼之。

这个设想与毛泽东的设想不谋而合。

毛泽东回电同意了彭德怀的设想，还向彭德怀提出了理想的战场位置，即朝鲜半岛的蜂腰部铁路线以北地区。这里崇山峻岭，有利于志愿军发挥夜战、近战特长，实施战役迂回，切断“联合国军”的后路，并限制美军发挥机械化优势。他还提出，第二次战役要彻底扭转朝鲜战争局势。

为了实现毛泽东的这个战略部署，1950 年 11 月 13 日，彭德怀在大榆洞志愿军司令部主持召开志愿军党委扩大会议。这次会议总结了第一次战役的经验教训，并对第二次战役作出了部署。

在会上，彭德怀说：“我们要给麦克阿瑟下个套子。麦克阿瑟现在很狂妄，到现在也不承认我们的主力部队已经过江。他先说感恩节前占领朝鲜，这个计划被我们的第一次战役粉碎了。现在又说圣诞节前结束战争，让部队回日本过圣诞节。圣诞节是哪一天？”

志愿军参谋长解方说：“12 月25 日。”

“太狂了吧！一个多月就想占领全朝鲜。不过，这样也好，我们不怕他狂，就怕他小心谨慎。”

说到这里，彭德怀大步走到地图前，指着地图上的标志说：“麦克阿瑟的计划是首先以部队进行试探性进攻，这已经开始了。同时，他要空军轰炸鸭绿江上的桥梁渡口，打断我军部队和物资进入朝鲜的通道，这也开始了。”

志愿军副司令邓华插话说：“麦克阿瑟的最终战略意图是让美军第十军从长津湖西进，让第八集团军从清川江北犯，最后在江界以南的武坪里合成一个口袋，把我军和人民军装进这个口袋进行围歼，消灭我军主力后向中朝边境推进，抢在鸭绿江封冻前占领全朝鲜，这是痴心妄想！”

邓华扭头对解方说：“解参谋长，你把双方的兵力对比情况说说。”

解方站了起来，说：“目前，敌军前线地面部队已经达到5 个军、13 个师、3 个旅和1 个空降团，共计23 万人，比第一次战役增加8 万多人，而且主要是美军和英军。敌人的空军也增加了两个新式喷气战斗机联队，共有飞机1200 架。目前，我九兵团主力已经从辑安、临江入朝，担任东线作战任务。这样，我军在朝鲜的兵力已经达到9个军30个师38万人，为敌人前线地面兵力的1.7倍。东线我15万人，敌人9万人，为敌人的1.66倍。西线我军23万人，敌人13万人，为敌人的1.75倍。东西线我兵力都占优势。"

说完，解方用眼睛示意彭德怀，想让彭德怀说说具体的部署。

彭德怀说："敌人不是要来个钳形攻势吗？很好啊！我们就把他诱进布置好的口袋，各个击破。敌人如果不来，我们就打出去。总之，今年非得再打一仗不可，消灭他六七个团，将战场推进到平壤、元山地区，以便我军将来进行反攻。"

说到这里，彭德怀也有些担心"联合国军"真的不会来。所以，他沉吟了一下，随即又坚定地说："按我的估计，麦克阿瑟一定会来的。大鱼会上钩的！毛主席和中央军委已经批准了我们的方案，现在要坚决诱敌北上。待敌北进后，刚上来的宋时轮兵团利用地势将东线敌军切成数段后歼灭。四十二军两个师调往西线，集中6个军对敌西线第八集团军反击。人民军主力在铁原南北展开广泛的游击战，破坏敌人交通，配合正面作战，具体部署待定。"

为配合彭德怀的诱敌行动，毛泽东在第一次战役后让新华社以"朝鲜北部某地"的名义在国内发表了一则简短的消息。消息说：

在中国人民志愿部队参加下，11 天朝鲜人民军歼敌6000人，收复了广大地区。

为了迷惑麦克阿瑟，不让其发现中国的出兵意图和参战实力，这份新闻故意大大缩小了战果。

麦克阿瑟果然上当，催促第八集团军加速前进。

11 月16 日，西线美军第八集团军仅仅向北推进了9公里到16 公里，南朝鲜第一师、英军第二十七旅、美军第二十四师、美二师、第八师等各师主力，仍然位于新安州至下碣隅里清川江两岸以及东到德川地区。而东线的美军陆战第一师每天前进不到两公里。

“太慢了，前进得太慢了。”彭德怀伏在地图桌上焦急地说。

“是啊。可能是一一二师在飞虎山把沃克顶得太狠了，把他吓破胆了。”洪学智分析说。

彭德怀听了，沉吟了一下，然后下令：“电令各军，再主动后撤十几公里，放弃一切形式的阻击、反击，大步后撤，注意，不要露出破绽！”

实施诱敌计划

1950年11月8日，志愿军三十八军一一六师三三五团团长范天恩接到通知，让他立即到师部开会。

此时，三三五团已经在飞虎山连续阻击“联合国军”5个昼夜，毙伤俘虏1800人，但自己也遭受了较大损失。

就在8日这天，美军出动80多架飞机，调集数百门大炮一齐轰击。飞虎山上的各个阵地都进入了肉搏战，呐喊声在长达5公里的阵地上长久地回荡。

接到通知，范天恩担心自己一走，军心就会动摇，就说离不开。

一一六师师长汪洋命令：“你必须亲自来！一切后果我负责。”

原来，上级命令三三五团后撤30公里。

范天恩一听就火了：“退?!拼死拼活没让敌人前进一步就落了个撤退？再退不就是鸭绿江了？士兵的工作做不通!”

师长汪洋给范天恩讲了彭德怀的诱敌计划，并告诉范天恩，三三五团抬抬手，就能把大批的美军引到口袋里。范天恩这才同意撤退。

发现飞虎山上的志愿军撤退了，“联合国军”大喜过望。新闻媒体大肆宣扬飞虎山战役“联合国军”取得了

“巨大胜利”。

当天，三三五团转移到九龙里一带，继续设防诱敌。

范天恩知道诱敌计划后，就在这里与“联合国军”开了个玩笑：他派出部队在一个小小的无名高地上阻击对方。在打退了对方的第一次攻击之后，范天恩命令部队迅速撤出阵地，跑到很远的山头上看热闹。

美军的第二轮攻势开始了，他们对着空无一人的高地进行大规模的炮击，然后进攻，并“顺利”地占领了高地。就在美军纳闷的时候，美军配合作战的飞机开始例行公事地进行轰炸和扫射。

接下来，三三五团在九龙里和美军玩起了“捉迷藏”。他们或者进攻一下，或者占领一个阵地后拿出死守的样子守上两天，然后撤退，或者突然前进，在夜里摸下几个山头之后就没了踪影。

“联合国军”被搞得晕头转向，只好跟在后面不停地追击。

四十军一一九师三五六团符必久团长策划了一整套诱敌深入的计划。11 月 10 日，在天佛山，部队与美军骑兵第一师接触后，他们在每一个山头与美军争夺，然后再不断放弃，一直撤退到主峰。

在主峰阵地上，他们大规模地阻击了一天，到了晚上，又主动撤出阵地，在预定的二线阵地等着美军。

结果，一等就是 3 天，这可把符团长给吓坏了，以为美军被顶得太厉害，不敢来了。到了 16 日，他们终于发现了美军的侦察队，三五六团立即主动出击，猛打了一下，美军就又追了上来。

这样，一边打一边退，终于师里来了电话，说美军已经错误地认为“共军是向北逃窜的残部”。

从11月17日起，志愿军在东西两线都与“联合国军”脱离接触后大规模后退。部队还按照统一部署，在阵地上和道路两旁丢弃部分装备和衣物，制造“狼狈撤逃”的假象。

这套“示弱于敌”诱敌深入的战术是我军在解放战争中就练得炉火纯青的本事，所以，美军被牵着鼻子一步一步地逼近志愿军的预设阵地。

但是，彭德怀还是觉得“联合国军”前进太慢。他命令释放一批战俘，这样做可收到两个效果：一是表明中国军队的人道主义精神，二是进一步“示弱于敌”。

11月18日晚上，27名美军战俘和76名南朝鲜军战俘理了发、洗了澡，发了路费并吃了一顿加餐后，由志愿军组织部长司东初和司机王大海带领，乘坐卡车向云山地区出发。

在阵地前沿，司东初对战俘们说：“你们万一过不了美军的警戒线，就回来，我们欢迎！”

四十二军在释放战俘前，告诉战俘说：我们不是什么主力部队，我们主力部队向后转移了，不打仗了，我们没有弹药和药品，准备回国了。

经过与美军的交涉，中国士兵把受伤和有病的战俘

用担架送到公路的边上，然后立即后退，让美军抬走。

毛泽东对这个行动大为赞赏，他发电报给彭德怀说：

> 你们释放一批战俘很好，应赶快放走，而后应随时分批放走，不要请示。

志愿军释放战俘的行动立即引起了强烈的国际影响，使得全世界都对中国军队有了一个新的认识。

志愿军引诱美军深入的行动使“联合国军”产生了一个巨大的错觉，他们认为他们所实施的空中轰炸已经迫使中国军队不能进入战场，并且认为中国军队参战的兵力有限，已经在“联合国军”猛烈火力的打击下失去了战斗的决心。

11 月21 日，西线“联合国军”已经前进到麦克阿瑟制定的“攻击开始线”，完成了战役的全线部署。

而此时，在西线的中国军队第五十、第六十六、第三十九、第四十、第四十二、第三十八共 6 个军已分别转移至定州西北、龟城、泰川、云山、德川以北以及宁边以北地区，东线第九兵团的 3 个军也已经全部到达预定地点。

11 月22 日、23 日，“联合国军”继续北进。西线美第八集团军下辖美第一、第九军和南朝鲜第二军团共 3 个军、8 个师、3 个旅和 1 个空降团。

其左翼，美第一军指挥美第二十四师、南朝鲜第一师、英第二十七旅由嘉山里、古城洞地区分别向新义州、朔州方向进攻；美第九军指挥美第二十五师、美第二师由立石里、球场地区分别向碧潼、楚山方向进攻，其第二梯队土耳其旅位于下碣隅里地区，美骑兵第一师位于顺川地区机动。

在右翼，南朝鲜第二军团指挥南朝鲜第七、第八师，分别由德川以北寺洞和宁边地区向熙川、江界方向进攻，这一方向的第二梯队南朝鲜第六师位于北仓里、假仓里地区机动。

英第二十九旅位于平壤，美空降一八七团位于沙里桅，为西线第八集团军总预备队。

东线，由麦克阿瑟直接指挥的美第十军，辖美陆战第一师、美第七师和第三师由长津湖向武坪里、江界方向进攻。南朝鲜第一军指挥南朝鲜首都师、第三师沿东海岸向图们江边推进。

至此，“联合国军”已经全部被诱至预定战场，进入了一个西起清亭里，经泰川、云山、新兴洞到宁边以东的约 140 公里的弧形突出地带的大口袋里。在这个大口袋的口子上，集结着中国人民志愿军共 9 个军。

此时，“联合国军”的兵力分散，侧翼暴露，后方空虚，彭德怀梦寐以求的战机终于来到了。

调整战役部署

1950年11月23日早晨，在志愿军司令部的作战室里，彭德怀正拿着放大镜在地图上晃来晃去。

他把洪学智、邓华和解方叫来，指着地图上的德川和宁远说："就在这里！就在这里！"

地图上的德川和宁远地区，在代表"联合国军"的蓝色锯齿形线条右侧。南朝鲜军的第七师和第八师已经走到了这里，而将与其相对阵的是志愿军的第三十八军和第四十二军。

三十八军和第四十二军都是志愿军的主力部队，南朝鲜军第七师和第八师显然不是其对手。"联合国军"的右翼终于露出了软肋。

这是彭德怀预想中的最理想的状况，南朝鲜军队根本不是中国军队的对手。而且，从这个部位插进去，可以直捣西线"联合国军"的大后方。

彭德怀似乎已经能够看见南朝鲜的两个师全军覆没的结局。

彭德怀立即给第三十八军、第四十二军发电：

> 你们应以求得全歼德川地区李伪军第七、第八师为目的。你们的攻击时间于25日晚开

始。清川江西岸各军，则视战役情况发展而定。请韩先楚同志根据实际情况作调整。总之，以先切断、包围，求得全歼李承晚第七、第八两师为原则。

这一天，除了南朝鲜第七、第八师到达德川、宁远一线外，南朝鲜第六师正由价川地区向东转移，北仓里、假仓里由美军第二师接替。

与此同时，美骑兵第一师、第二十四师、英第二十七旅以及南朝鲜第一师都已经进至球场、龙山洞、博川一线。

“联合国军”和南朝鲜军情况的变化引起了中央军委的注意，特发电报指示：

我军在清川江东岸发起进攻后，美军第二师、骑兵一师有向东增援的可能。如该两敌东援，我军在清川江东岸之三十九、四十军，均难达到配合四十二军、三十八军歼灭李承晚军第七、第八两师的目的。

因此，建议以四十军东进与三十八军靠拢，增强我军左翼突击力量。以对付球场、院里方向可能东援之美二师和骑一师，以保证我三十八军、四十军首先歼灭李承晚军第七、第八两师，并对下一步对敌作战造成战役迂回的有利

条件。

彭德怀立即对战役部署进行了调整：

由韩先楚副司令员直接指挥第三十八军和第四十二军，首先歼灭德川、宁远、孟山之南朝鲜军第六、第七、第八3个师；

第四十军东移至新兴里、苏民里以北，以一个师接替第三十八军一一二师的防务，阻击敌人，其主力向夏日岭、西仓插进，阻止美军东援；

在第四十军东移后，第三十九、第六十六、第五十军等部亦逐次东移，逐次接防，保持战线的完整。当向敌发起全面进攻后，各军应积极向当面之敌进攻，求得歼敌一部。

彭德怀把调整后的计划向毛泽东汇报，再次确定西线发起攻击的时间是11月25日黄昏，而相应调整后的东线发起攻击的时间则是26日黄昏。

二、西线血战

●"我这回要打个狠的!"三十八军军长梁兴初咬着牙说。

●士兵们一个顶着一个，像叠罗汉一样叠在一起，小心地滑进了小河。

●火人站了起来，扑了出去，紧紧地抱住一个美军士兵，和他滚在一起。很快，一个更大的火团奔腾着、翻滚着，夹杂着美军的惨叫声摔下山坡。

三十八军包打德川

1950年11月23日拂晓，志愿军副司令员韩先楚按照彭德怀的部署来到三十八军军部。

韩先楚还没进门，就发觉三十八军上上下下都像猛虎一样。看到这个，韩先楚笑了，他知道三十八军被激怒了。

进入朝鲜的第一仗，三十八军行动缓慢，贻误了战机。军长梁兴初因此在志愿军作战会议上挨了彭德怀的训斥。为此，梁兴初心里一直不舒服。

在军党委会上，梁兴初传达了彭德怀对第三十八军的批评，同时主动承担了责任："彭老总骂得对，是我没有指挥好！"

眼看第二次战役就要开打，梁兴初对部下说：

> 三十八军到底是不是主力，看这一仗！这一仗要各负其责，谁要是出了问题，别怪我不客气！

第三十八军的指挥所从球场转移到降仙洞的一个矿洞里。在这个潮湿的洞里，梁兴初长时间地看着地图，他把他的部队要进攻的这块地方上的每一个地名都记得烂熟。

韩先楚首先介绍了整个西线的形势，然后具体说到第三十八军的任务：“打下德川，然后迅速迂回敌后。”

韩先楚说：“为了能迅速打下德川，第四十二军先配合第三十八军战斗，然后再打宁远。”

梁兴初一听就不高兴了：“四十二军该干什么干什么去！打德川我们包了！”

韩先楚板着脸说：“军中无戏言！”

梁兴初说：“25 日开始进攻，26 日解决战斗！”

韩先楚拿起电话打给彭德怀，说第三十八军要“单干”，而且保证一天打下德川。韩先楚还建议，如果第三十八军能单独打德川，第四十二军就可同时打宁远，这样粉碎南朝鲜军队的防线会更加顺利。

彭德怀说：“梁兴初好大的口气！告诉他，我要的是歼灭，不是赶羊！”

梁兴初说：“我要包南朝鲜第七师的饺子！”

梁兴初之所以口气大得惊人，因为他已经有了具体的计划。

按照梁兴初的设想，他要给南朝鲜军来个“大手术”加“点穴”。他计划从南朝鲜第七、第八两个师的接合部插进去，包围德川的南朝鲜军。一一三师经德川以东至德川南面的遮日峰，而后由南向北进攻；一一二师经德川以西至云松里，由西向东进攻；一一四师正面进攻德川。

这是他计划中的“大手术”。他还给南朝鲜军准备了一手“点穴”，切断南朝鲜军纵深的关键退路。

“我这回要打个狠的!”梁兴初咬着牙说，“派个先遣队马上出发，由军的侦察科长张魁印和一一三师的侦察科长周文礼率领，偷渡大同江，秘密潜入德川南面的武陵里，把德川通往顺川和平壤的公路桥先给我炸了，我看伪七师往哪里跑!”

韩先楚同意了第三十八军的计划，最后说：“我到四十二军去看看。”

韩先楚明白，三十八军已经绷紧了，处于一触即发的状态中，他再说什么已完全没有必要了。

先遣队奇袭武陵里

1950年11月24日黄昏，梁兴初把军侦察科长张魁印叫到指挥所，问："敢不敢带点儿人先给我插进去？"

张魁印听了一歪脑袋，说："有啥不敢的！"

梁兴初说："那就准备一下立即出发，26日必须给我炸掉那座桥。江副军长给你交代具体任务。"

张魁印胸脯一挺："保证完成任务！"

三十八军副军长江拥辉指着地图对张魁印说："武陵里西傍大同江，有一条支流横跨由南通往德川的公路。那里有一座公路桥，你们必须于26日早上8时之前炸掉这座桥，估计那时候受到攻击的敌人可能南逃，北上的敌人也可能增援，这个时候把桥炸掉，才能保证主力部队全歼德川之敌。"

最后，江拥辉问："今晚能过大同江吗？"

张魁印说："没有意外是可能的。"

在战争中，特别是在大战前夕，双方处于一触即发的状态，一支300多人的队伍要穿过对方的前沿阵地，而且还要不被其发现，简直是件不可能的事。

所以，江拥辉有些担心地说："你带的这个先遣队人多，穿过敌人的前沿阵地困难很大，不过，有伤亡也要过去！"

张魁印说："是！"

24日夜晚，月朗星稀，先遣队出发了。

先遣队由323人组成，其中主要是工兵，还有英语和朝语的翻译，以及前来充当向导和联络员的朝鲜平安道内务署的署长和副署长。除了携带必要的武器之外，先遣队还携带了通讯器材和爆破器材。

为了分清敌我，先遣队里每人手臂上都系上了白毛巾。他们在前沿部队佯攻的掩护下，乘着夜色向南朝鲜军队的阵地摸了过去。

没走多久，先遣队就看见道路已经被铁丝网封锁。他们又折回来，然后向前沿的另一个方向走。这样，他们在南朝鲜军队的前沿走来走去，寻找可以插脚的地方，而南朝鲜军居然没有任何反应。

终于，先遣队找到一个南朝鲜军没有严密设防的地方。这是一个坡度很陡的山脚，不仅山坡陡得几乎落不下脚，而且土质松软，士兵们走上去就往下滑，而山脚下就是一条小河。

士兵们一个顶着一个，像叠罗汉一样叠在一起，小心地滑进了小河。

再往前走就来到了前沿，他们又看见铁丝网，还看见南朝鲜士兵正在月光下挖工事。

趁一片云彩遮住月亮的时候，几个志愿军士兵在一一三师侦察科长周文礼的带领下，把铁丝网顶起来，然后战士们一个跟一个地弯着腰钻了过去。一连钻过了3

道铁丝网，323 人的队伍就在南朝鲜士兵的眼皮底下，顺利地进入了一片树林。

在树林里，张魁印清点了一下人数，一个不少！张魁印几乎有点不相信自己运气会这么好！

下一步就是过江。江桥已经被敌人炸毁，但先遣队知道，朝鲜人民军在从平壤撤退时，曾经在江上修了一条藏在水面下的“水中桥”。

水中桥在一个叫古城江的小镇上，先遣队沿着公路向古城江前进。没走多远，他们就看见迎面开来满载南朝鲜军士兵的汽车。

先遣队的士兵们把子弹推上了膛，手榴弹打开了盖子，紧紧握在手里，然后急速前进，像是在自己的地盘上行军一样走了过去。

黑暗之中，志愿军和南朝鲜军几乎没什么区别。南朝鲜军的车队与先遣队擦肩而过，他们以为这是一支执行巡逻任务的队伍。紧张得出了一身汗的志愿军战士们都觉得奇怪，南朝鲜军的兵怎么这么好糊弄！

先遣队进入小镇时，那里已经有南朝鲜军队防守。大街上，一个南朝鲜军士兵正在街上睡眼惺忪地撒尿，看见迎面走来的队伍，他转身就往屋里跑。志愿军士兵紧跟着他进了屋子，开枪把正在睡觉的南朝鲜军全都解决了。先遣队从俘虏嘴里得知，水中桥已经被南朝鲜军队发现，并且已有部队防守。

志愿军先遣队指挥员立即派一个排迅速赶往渡口。

在江边的一个小屋子里，几个南朝鲜士兵正在吵吵闹闹地玩扑克。

为了迷惑敌人，周文礼让朝鲜联络员故意用朝鲜语大声说："把鞋脱了，准备过江！"声音大而镇静。

几个南朝鲜军士兵以为是自己人在开玩笑，连头也没抬继续吆三喝四地玩着。队伍顺利地骗过了南朝鲜军，来到了江边。

到了江边，周文礼不由有些紧张。如果找不准水面下的桥就下水，南朝鲜士兵肯定会看出破绽。他瞪大眼睛向江面上仔细搜索，看见江面上有一条通向对岸的细碎的浪花。

周文礼伸脚走下去，果然这就是水下桥。本来以为会很困难的渡江，就这样很轻松地过来了。

过了大同江，先遣队又走了几公里路，看见了一个小村庄。张魁印命令部队："绕过去，不要和敌人纠缠。"队伍悄悄地向村庄边走去。

可是在必须通过的小路上，一个南朝鲜军游动哨兵抱着枪在路中间走动。看到一支队伍走过来，抱枪的南朝鲜军士兵有点发蒙，可能认为是自己的人，所以没有报警，只是站在路中间呆呆地看着迎面走来的人。

先遣队好像没看见这个哨兵一样，只管呼呼啦啦地走。士兵们嫌他碍事，干脆用肩膀把他撞到沟里，他爬上沟的另一边，还是呆呆地看着。

这时，突然响起了枪声，原来先遣队的一个班进入村庄想抓一个向导，被南朝鲜军发觉了。

双方打起来，先遣队想冲过去，结果被南朝鲜军的机枪压制在公路上。

先遣队暴露了。

张魁印决定不能这样打下去，命令队伍迅速摆脱，离开公路上山。没等南朝鲜军的士兵弄明白是怎么回事，先遣队已经消失在黑暗的大山之中了。

这是座长满古木的大山，从第二日 2 时一直爬到 8 时，先遣队爬到了山顶。夜里过江时棉裤和鞋都湿了，现在已经冻成了冰。士兵们边吃干粮边在太阳下晒裤子。电台和军里联系上了，并报告了这一夜的情况和水下桥的位置。

先遣队的士兵们在晒裤子的时候，被温暖的阳光晒得睡意十足，个个迷迷糊糊地打着盹。

这里距离先遣队的目标武陵里还有 70 公里。

山下的公路上南朝鲜军队的汽车来来往往。白天走大路肯定不行。

14 时，先遣队再次出发，走山间的小路。

山间荆棘乱生，朽木倒伏，先遣队一边开路一边前进。走到天黑的时候，北面传来炮声，回头一看，炮火映红了德川上空。

第二次战役打响了。

先遣队知道，只要一打响，南朝鲜士兵就会一窝蜂地往后跑，不快点赶路就堵不住他们啦！

在一位朝鲜老人和一位朝鲜小姑娘的带领下，他们穿过一个村庄后，看见了军长要求他们炸毁的那座桥。

他们给军里打了电报，军指挥所命令他们立即实施爆破。

桥边村庄里的朝鲜老百姓听说志愿军要解放德川，女人给先遣队做饭，男人帮他们寻找绳索和梯子。

26日7时30分，一声巨大的爆炸声在武陵里响起，大桥被炸毁了。

在经历了传奇般的行军后，先遣队终于在军部规定的时间之前将德川“联合国军”逃跑的必经之路截断了。

痛歼德州的南朝鲜军

1950年11月25日黄昏，第三十八军的3个师开始攻击行动。

攻击开始时，一一二师的官兵感到最为疲劳。第一次战役结束后，他们担任了引诱南朝鲜军深入的任务。师的主力部队轮番抗击北进的“联合国军”，边打边退，一直把“联合国军”引到设定的地域。

25日下午，刚刚停住后退脚步的一一二师又接到了立即前进攻击的命令。这就是说，部队要从这些天边打边撤的路线再打回去，向德川的西部实施迂回包围。

前进的命令来得十分突然，连队的干部们只好一边行军一边作战斗动员：

> 爬山是为了包围敌人，只要爬过去就是胜利！

一一二师提出了这样的口号。

师长杨大易给部队下达了这样的命令：

> 遇到敌人用少数人顶住，大部队坚决地插下去，谁恋战谁负责！

一一二师在公路上正急行军，先头部队突然发现前面亮起一串汽车灯光。副师长李忠信由此判断部队可能已经被南朝鲜军发现，于是下命令开火。

战斗很快就结束了。

志愿军冲上去才发现，汽车上装的竟然全是活鸡。战士们有点奇怪，在这个时候，南朝鲜军队向前沿运送这么多活鸡干什么？有人说：“管他呢！送到嘴边的鸡肉就吃吧，好久都没吃到肉了！”

可是杨大易师长坚决不同意，要求部队不顾一切地前进。

志愿军战士撇下笼子里的活鸡，把俘虏到的南朝鲜士兵捆上手脚，扔在山沟里，然后抬上说什么也不肯走的几个美军俘虏继续向前插。

就这样，一一二师于26日5时，准时占领了德川西面的云松里，切断了南朝鲜第七师的退路。

负责向德川南面穿插的是第三十八军一一三师。他们在一一二师开始行动的半小时之后开始进发。

一一三师在第一次战役中没有很好地完成任务，因此全师上下都感到很大的压力。所以，行动一开始，他们就显得十分凶狠。每个团都用两个营打先锋，路上遇到阻碍前进的南朝鲜军阵地，一个冲击就解决战斗。

当他们夜里到达大同江边的时候，把在江边烤火的南朝鲜军全部消灭，然后急促过江。

师长江潮和政委于敬山带头把棉裤和鞋袜脱了下来，最先走入江水中。于是士兵们都学着他们的样子，纷纷跳入冰冷刺骨的江水。

江水中破碎的冰块在急流中互相撞击，发出巨大的声音，凉透骨髓的江水使士兵们的呼吸都困难起来。

担任三三八团后卫的是一连。当走在前边的炊事班已经上岸，而一连走在后面的三排还没有下水时，黑暗中就听见有人喊：“敌人！”

果然，大约一个营的南朝鲜军士兵正向渡口扑过来。

一连的官兵们没有犹豫，立即向南朝鲜军冲上去。正渡到江心的一排在水中回过头开始射击，三排也在江北架起机枪扫射。

连长大喊一声：“抓俘虏呀！立功的时候到啦！”战士们呐喊着，连炊事班的战士也举着菜刀和扁担，向南朝鲜军扑上去。

等志愿军已经冲到距离南朝鲜士兵不远的地方，南朝鲜士兵们看见了令他们肝胆俱裂的情景：

在寒冷的黑夜中，一群没有穿裤子的中国士兵呐喊着、端着刺刀向他们冲过来，赤裸的双腿上都是亮晶晶的冰碴。志愿军战士的嘴唇因为寒冷而显得青紫，呐喊声也因为颤抖而听着有些奇怪。只有尖利的刺刀和平时见到的没什么区别。

一瞬间，巨大的恐惧击垮了南朝鲜军，他们转身就跑。无奈，臃肿的军装使他们怎么也跑不快。一群“冰

人”冲上去，展开了猛烈的追击。

这一仗，除了被打死的之外，南朝鲜军被活捉的就有140多人。

渡江之后，一一三师不停地向预定地域前进，在通往德川的公路上，南朝鲜第七师的搜索连和警卫连已封锁了公路。

三三八团二营的先头排绕到南朝鲜军背后，一阵手榴弹把这些南朝鲜士兵打散。在志愿军的紧追不舍下，两个连的南朝鲜士兵50多人被活捉，剩下的逃得无踪无影。战斗结束后，公路边上，南朝鲜军煮在锅里的牛肉还冒着热气。

一一三师于26日8时占领了德川南面的遮日峰、葛洞等要地，切断了德川和宁远两地南朝鲜军的联系和南逃的退路。

最后行动的是在德川担任正面进攻的第三十八军一一四师，他们于25日20时开始了正面的强攻，直接攻击南朝鲜第七师防地。

攻击进行得十分顺利。三四〇团26日5时占领了向堂洞北山，9时占领铁马山、三峰地区。三四一团在进攻发起时也顺利地占领了发阳洞阵地。

26日21时，南朝鲜军队的炮兵开始拦阻射击，炮火十分猛烈。跟随一一四师前进的副军长江拥辉命令：把南朝鲜军的炮兵阵地搞掉。

三四一团二营立即组织进攻。

他们利用夜色的掩护，在炮火中向南朝鲜军的炮兵阵地靠近。

26日4时，他们包围了南朝鲜军的炮兵阵地。紧接着，四连打指挥所，五连切断南朝鲜军指挥所和阵地的联系，六连直接攻击炮兵阵地。

南朝鲜军炮兵阵地上喊杀声和惨叫声响成一片，到处是闪亮的弹道和手榴弹爆炸的火光。

二营的攻击完全出乎南朝鲜军的意料。在敌人毫无防备的情况下，二营已将其全部歼灭。

紧接着，二营又击溃了南朝鲜军增援的一个联队，缴获汽车50辆，榴弹炮11门。

一一四师于26日上午占领德川北面的斗明洞、马上里地区，完成了压制德川南朝鲜军的任务。

26日7时30分，梁兴初军长派出的先遣队偷袭得手，顺利地炸毁了武陵里的公路桥。

至此，德川的南朝鲜第七师主力5000余人，被压制在了德川河谷一个只有10多平方公里的地段。

歼灭南朝鲜第七师

1950 年 11 月 26 日上午，第三十八军将对在德川的南朝鲜第七师的主力实施包围，并将其压制在 10 多平方公里的河谷中。

为了尽快解决德川的南朝鲜军，第三十八军于 15 时发起了总攻。一声令下，3 个师从三面如猛虎下山一般一齐猛烈攻击，南朝鲜士兵像网中的鱼一样到处乱撞。

战场上，志愿军和南朝鲜士兵完全混战在一起，这让天上美军的支援飞机不敢投弹和扫射，只好在天空胡乱地盘旋。

一一二师三三六团五连指导员侯征佩带领着 17 名战士，在一条公路上遇到溃败的南朝鲜军如潮水般涌来，足有 2000 多人。

17 名志愿军战士无所畏惧地猛烈开火，南朝鲜士兵掉头就跑，但又遭到另一个方向的阻击。于是，南朝鲜士兵在志愿军的射击中来回奔跑，仅侯征佩带领的 17 名士兵就打死打伤和俘虏南朝鲜士兵 200 多人。

因为南朝鲜军队已经彻底失去了指挥，变成了一群混乱无序的逃兵，于是发生了不少意料不到的事情。

一一二师的指挥所设在一个小村庄里，师长杨大易到前沿指挥部队去了，副师长李忠信正在一个小房子里写战报。指挥所没有战士，只有一个警卫班看守着一个美军俘虏。

这时，电话铃响了，一接，是查线员低低的声音："副师长，别说话！你听着就行了！有一股敌人正在向你的房子走去呢！"

正说着，负伤的政委跌跌撞撞地进了门，告诉李忠信："我已经和门外的敌人打了一阵，敌人就在房子周围。"

李忠信一个箭步蹿到门口，探头往门外一看，一伙敌人正坐在这个小房子的门口休息！李忠信立即命令警卫班占领房子后面的山头，然后命令司号员吹号。

号声一响，李忠信举着手枪冲出门。门口的南朝鲜军被号声吓坏了，但不知道该往哪里跑。李忠信突然从房子里冲出来，他们这才知道该往哪跑，立刻抱头鼠窜。

房子旁边被俘虏的美军一见有机可乘，就甩开志愿军战士跑了。

李忠信恼火地顺着美军俘虏的方向望去，却看见山头几千南朝鲜士兵如一团浊水般地涌过来，他们的头顶有几十架美军飞机正掩护着他们逃跑。

李忠信立即命令三三六团一营把这伙南朝鲜士兵堵住。

一营插上去，开火了。混战中一一三师三三八团的八连与南朝鲜第七师的美军顾问团相遇了。志愿军扑上去和美军顾问们摔跤，结果歼灭了顾问团大部，俘虏了

美军顾问 8 人，其中上校 1 人，中校 1 人，少校 6 人。

德川的战斗一直持续到 19 时，除了少数南朝鲜军逃脱外，南朝鲜第七师的大部被歼灭。

德川一役，南朝鲜军死伤 1041 人，被俘 2078 人，缴获火炮 156 门，汽车 218 辆。

整个战斗打了一天一夜，梁兴初实现了自己的承诺。

晚上，韩先楚进入德川城内，城里的马路上堆满了俘虏、车辆、大炮、枪支弹药和其他堆积如山的缴获物资。

被俘虏的美军顾问团失神地看着韩先楚，感慨地说："真想不到，你们中国军队的反攻竟然组织得如此巧妙，简直在梦中就当了俘虏。"

消灭土耳其旅大部

1950 年 11 月 27 日，毛泽东发电报给志愿军，祝贺他们取得歼灭南朝鲜军的胜利。

电报转发给各军，志愿军上下一片沸腾。

承担主攻的三十八军官兵们也非常兴奋，但他们也意识到，在接下来的战斗中，能不能歼灭美军的一两个师，关系到整个朝鲜战局的前途；而歼灭美军师的关键，在于第三十八军能不能穿插到位。

为此，彭德怀命令三十八军：

> 立即向三所里方向前进，把美军的退路彻底封锁住！

在三十八军的任务中，一一四师穿插的目标是嘎日岭。嘎日岭是自德川向西南 20 公里处的一个天然屏障，在高山密林中，有一道仅 10 多米宽的险峻隘口，它是穿插部队向下碣隅里方向前进的必经之路。如果“联合国军”占领这里，三十八军的前进道路就会被卡住。即使三所里穿插成功，也得不到主力部队的配合。

而此时，为恢复破碎的右翼，沃克已命令土耳其旅的先头部队从价川出发向嘎日岭而来。

土耳其旅的5000名官兵是几天前才到达朝鲜的。沃克在右翼崩溃的时候让这支部队去堵缺口，这个调遣被美国军事史学家形容为“用一个阿司匹林药瓶的软木塞去堵一个啤酒桶的桶口”。

事实上，土耳其旅既没有得到应得到的有关战场情报，也没有看到沃克承诺的美军顾问。此时，西线上的美军在向后撤退，而他们却受命向前沿开进。

但是，土耳其旅出发几个小时之后便传来了“大获全胜”的消息。根据他们自己说，他们“与蜂拥而至的中国军队进行了激烈的战斗”，经过“浴血奋战”守住了阵地，并且还抓获了“几百名俘虏”。

美第二师的军官们听了喜出望外，立即派情报官和翻译前去审问俘虏。军官没问几句就明白了，土耳其人打垮的是一群溃败下来的南朝鲜第七师的士兵，这些南朝鲜士兵从德川逃出来，逃进了土耳其人的阵地。刚上战场的土耳其人既不懂朝语又不懂英语，被他们打死在阵地上的“中国士兵”全是南朝鲜士兵!

土耳其旅已经前进到了价川。从价川到嘎日岭有30公里，乘坐汽车用不了两个小时，而一一四师距离嘎日岭还有18公里，疲劳的士兵靠步行先敌占领嘎日岭的垭口已经来不及了。

夜间，第三十八军军长梁兴初和政委刘西元心急如焚地赶到了距嘎日岭只有两公里的一一四师指挥所，已在这里的副军长江拥辉向军长报告说，土耳其旅的一个加强连已经占领了嘎日岭主峰。

江拥辉和一一四师师长翟仲禹等人经过讨论，决定采取三四二团团长孙洪道和政委王丕礼的建议：既然土耳其旅在明处，咱们来个偷袭，悄然接近，突然开火，一举拿下。

三四二团二营的官兵对这里的地形很熟悉，因为第一次战役的时候，他们曾在这里驻扎防守过。

在三四二团团长孙洪道和政委王丕礼分别带领下，二营的七连和八连向嘎日岭主峰摸上去。

他们把身上所有可能发出声音的东西全部丢掉了，只带枪支和手榴弹。但是，在接近主峰的时候，脚上穿的大头鞋踩在雪上吱吱直响。于是，他们便把鞋脱了，光着脚在雪地上爬山。

主峰上的土耳其士兵衣衫单薄，他们生起了十几个火堆。寒冷的夜晚只顾得上烤火，燃烧的木头不时发出爆裂的声音。

政委王丕礼把士兵分成若干小组，命令一个小组解决一堆火旁的土耳其士兵。

在离土耳其士兵只有20米远的距离时，志愿军开火了。在手榴弹的爆炸声中，土耳其士兵立即四处逃散。20分钟后，嘎日岭主峰落在志愿军的手中。

土耳其士兵在慌乱中爬上汽车，汽车连成串地向山下开去。

山道盘旋，土耳其士兵一时还逃不出志愿军的攻击。

团长孙洪道命令八连下去把土耳其士兵截住。士兵们抄近道扑向山道的下端。

这一次，土耳其士兵遇到真正的中国军队了。土耳其军官们把帽子扔在地上，以此为线，不许士兵跑过此线后退一步。

在战斗中，志愿军发现那些钻进石头缝和汽车下的单个儿的土耳其士兵，无论怎么喊话，坚决不投降，直到被打死。结果，在志愿军的围歼下，只有少数土耳其士兵被俘。

5000 人的土耳其旅在嘎日岭方向的战斗结束后，只剩下了不到两个连的兵力。

到了 28 日早上，西线战役的战局已经十分明朗。

美军第九军所属第二师、第二十五师，土耳其旅，美骑兵第一师以及南朝鲜第一师，都已经在志愿军的三面包围之中。

至此，只有自安州向肃川南逃的退路尚未被切断，而三所里是这条退路上的必经咽喉之地。如果三所里堵不住，整个第二次战役势必会成为一场达不到歼灭“联合国军”目的的击溃战。

急速穿插到三所里

1950年11月27日，三十八军歼灭了南朝鲜第七师，四十二军歼灭了南朝鲜第八师。至此，南朝鲜第二军团彻底覆灭。

毛泽东致电彭德怀、邓华等志愿军首长，对第二次战役已经取得的胜利表示祝贺。

电文说：

庆祝你们歼灭伪二军团的大胜利！

目前任务是，我四十二军、三十八军、四十军、三十九军歼灭美骑一师、第二师、第二十五师等3个师的主力。只要这3个师的主力歼灭了，整个局势就很有利了。

美骑一师正向德川、顺川、成川之间调动，目的在巩固成川、顺川阻我南进。我四十二军应独立担任歼灭该敌。

美九军团指挥之第二师、第二十五师，在球场、院里、军隅、价川一带，我三十八军、四十军、三十九军应担任攻歼该敌。这是很重要的一仗，望各军努力执行之。

彭德怀看过电报，立即想到，必须要关闭三所里这道闸门。

三所里是价川至平壤公路上的一个小村镇，它所处的地势十分险要，北依山峦，南临大同江，西傍公路。这条公路，是美军北进南逃的主要交通线之一。

当日上午，彭德怀命令第三十八军：

> 今夜进到德川西嘎日岭、兴德里一带，准备消灭东援南逃之敌，尔后以一个师逼近价川牵制该敌外，军主力应于28日晚，向院里、龙潭里攻击。如球场、院里敌南逃时，你军应迅速向价川南之三所里及平院里迂回攻击军隅里、价川之敌。

韩先楚副司令员明白，如果我军不能抢占三所里，我军的一切努力都将化为乌有。因此，他把梁兴初、刘西元叫到指挥所，当面交代任务说："我找你们来，就是要说清楚，第三十八军面临的任务是艰巨的。你们在今夜明晨，一要插向三所里，二要攻占嘎日岭！但关键是三所里！"

回到军指挥所，梁兴初立即命令部队开拔。

接到开拔命令，一一三师师长江潮打电话给前卫团团长朱月清说："命令你团立即出发！身边有地图没有？"

朱月清根据师长的指示，在地图上标出前进的路线。

在地图上测量，从出发地到三所里，直线距离 72.5 公里。

当时，没有几个团一级的军官明确知道要他们急奔向三所里到底是去干什么。

朱月清随即向各营下达命令：饭边走边吃，任务边走边下达，不准让一个士兵掉队。

13 名会开汽车的俘虏，包括 8 个南朝鲜人和 5 个美国人被挑选出来，在志愿军战士的押解下，开着 13 台满载缴获弹药的汽车，跟随着一一三师前进。

朦胧的月色中，一一三师的队伍不顾一切地向预定目标奔去。

一一三师连续作战已 30 多天了，官兵们都非常疲乏。长长的队伍穿越山林河流，但还是不断有人跌倒，发出很大的声响。

只要队伍一停下，哪怕是一瞬间，极度疲劳的士兵中就有人睡着了，鼾声一下子连成一片。有的人怕自己睡着了掉队，休息的时候干脆躺在道路中间，这样即使是睡着了，队伍再前进时也会把他踩醒。

一一三师副师长刘海清率领的先头部队三三八团，在安山洞消灭了南朝鲜军队 1 个排，又于沙屯击垮了南朝鲜军队 1 个连。这个团的所有军官走在前面开路，后面的士兵抓住前面士兵的子弹带，一个拽着一个地向前移动。

天亮时，三三八团到达了距离三所里还有 30 多公里

的地方。这时，几十架美军飞机沿大同江飞来，在一一三师数里长的行军队伍上空盘旋。

此时，彭德怀的指挥部里弥漫着不安的气氛，人人都在担心，第三十八军一一三师现在到达了什么地方？他们能不能按时到位？

同第三十八军指挥部联系，但电台叫不通。彭德怀命令自己的电台直接呼叫一一三师，报务主任亲自上阵仔细寻找这个师的电台讯号。然而，一一三师好像突然消失了一样，音讯全无！

按照计划，一一三师这时应该已经深入“联合国军”后方80公里。孤军在如此纵深的“联合国军”占领区，什么情况都可能发生！

彭德怀已经好几天没有休息好了。他双眼红肿，嘴唇裂着口子，说话的声音沙哑干涩：“娘的！这个一一三师到底跑到什么地方去了?!”

见到飞机临空，师长考虑到部队已经进入“联合国军”腹地，美军飞行员可能会误认为我军为南朝鲜军，于是命令部队，甩掉伪装，继续前进。

于是，在光天化日之下，一一三师的大部队就在公路上明目张胆地前进。

天上的美军飞机虽然来回盘旋，但始终没有轰炸。美军飞行员上当了，他们认为这支部队必是从北边撤退下来的南朝鲜部队。于是美军飞行员利用无线电，要求三所里的南朝鲜治安军给这支“撤退的国军”准备好饭。

中国士兵们很快就明白美国人上当了，他们干脆喊起来，借此壮胆和驱赶极度的睡意："快走！快走！前边就到啦！"

行进中的士兵们每人手里都拿着一把草，在泥泞的地方为后面的炮兵垫路。

当一一三师三三八团的前卫营到达三所里的时候，一个冲击就把正在忙于做饭的南朝鲜治安军歼灭了。此后，他们迅速占领了三所里那条南北向的公路两侧的所有高地。

三三八团团长朱月清带着指挥所也赶到了，他刚爬上三所里的东山，就听见前卫排方向响起了枪声。

朱月清举起望远镜一看，不禁浑身一紧：北面的公路上烟尘滚滚，一眼望不到头的美军大部队撤下来了！

朱月清立即命令部队跑步前进。

后面的部队一听说堵住了美军，拼尽最后一点力气开始跑步。有的士兵倒在地上，把干粮袋和背包扔掉，爬起来再跑。

第三十八军一一三师三三八团，14 小时强行军 72.5 公里，于 28 日早晨 7 时抢占了三所里，仅仅先于美军 5 分钟到达。

他们迅速抢占有利地形，随后以突然的冲击，全歼南朝鲜军 1 个连及美骑一师第五团先遣队 30 多人，关死了美军南逃的"闸门"。

在穿插的路上，这个师实施了无线电静默。

在三所里，朱月清立即让师报务主任张甫向军、师发报。

电报是事先编定的一串密码。

在彭德怀的指挥部里，一直在寻找一一三师电台信号的报务员突然大声地叫起来："通了!"

一一三师的电台从开机到接通师、军、志愿军总部，一共只用了5分钟，为此，报务主任张甫立了战功。

"我部已经先敌到达三所里!"

"敌人企图通过三所里撤退!"

"我部请示任务!"

疲惫不堪的彭德怀惊喜得一时不知说什么好："总算出来了，总算到了!"

南逃的"联合国军"的退路被全部封锁了。

于是，彭德怀给第三十八军下达了一道严厉的命令：

> 坚决堵住经三所里南逃之敌！立即指挥部队对敌人实施分割包围！

韩先楚按照彭德怀的指示，当即电令四十二军加快向殷山、顺川江前进，以夹击驻守顺川附近的骑兵第一师主力，从而减轻我一一三师的压力；同时，三十八军军长梁兴初也命令，一一四师尽快向一一三师靠拢，从东向西侧击从三所里、龙源里方向突围的"联合国军"。

1950年11月28日10时许，美国骑兵第一师五团由北撤退了下来，坦克掩护着载有士兵的汽车浩浩荡荡地向三所里拥来。

据守在公路东侧的三三八团八连和占领公路西侧阵地的五连同时向美军开火。美五团立即以猛烈的炮火还击，并调来飞机对我军阵地进行轰炸。

美国骑兵第一师在云山遭受重创之后，虽然士气低落，但这次战斗是生死之战，所以他们格外疯狂。他们以一个营的兵力开始向八连阵地猛攻。坦克冲到离八连阵地几百米处，开炮射击；步兵在坦克掩护下成群地向山冈冲上来，几次都被阵地前沿的二排打了下去。

看到美军被打得抱头鼠窜，战士们都高兴极了，原来，美国的“开国元勋师”也不过如此。当指导员潘源强来到阵地时，战士们对他说：“指导员，美国鬼子真是大熊包，冲了几次都被咱打垮了！”

指导员说：“战斗刚刚开始，不要轻敌，希望你们再接再厉，守住阵地！”

班长们笑笑说：“指导员，战斗中看吧！”

美国骑兵五团在攻击数次失败后，开始向我军阵地上倾泻钢铁，想把山头炸平。八连的阵地上腾起数丈高的烟柱，弹片、石头满天飞，山头阵地四周的土地上都挨过炸弹、炮弹、汽油弹。

配合战斗的机枪三连的各班机枪都因为被炸而出现故障，眼看美军就要冲上来了。班长牟兴亮冒着美军的炮火，迅速爬到一班机枪阵地，以熟练的技术很快就把

机枪修好了，有力地支援了二排阵地。

美军的冲锋都被八连的火力压倒在山下。但是，八连的伤亡也逐渐增多。这时，阵地上响起了英雄的口号：

为了祖国，为了全战役的胜利，坚决不让敌人跑掉啊！

五班班长苏国珍带领全班坚守在一个光秃秃的山包上，战斗到最后，阵地上只剩下他和一个负伤的战士。他们两个人把全班的枪集中在一起，装好子弹。等美军冲锋时，向美军展开连续射击。

就这样，八连与美军骑兵第五团激战 7 个小时，阵地寸土未失。

扼守在公路以西的五连也与美军展开了激战。就在太阳偏西的时候，美军集中了 1000 多人配合 5 辆坦克，向五连的阵地发起接二连三的集团冲锋。

五连人员在伤亡，弹药在减少，但干部战士们却越战越勇。战士们高声喊着口号：

这就是为人民立功的时候！

战斗最激烈的时候，连指导员通过美军的火网，来到了七班阵地，却发现阵地上只有战士张志财一个人了。指导员连忙问：“七班在哪里？”

张志财看了指导员一眼，坚定地回答说：“七班就是我，我就是七班；有我在，阵地就丢不了。”

指导员听了，激动地说：“好样的!”说着，也操起手榴弹，与张志财一起战斗。

五连战士们与美军激战 7 个小时，打退了美军的一次又一次进攻，弹药即将耗尽。这时，三三八团猛然来了个反冲击，夺下了美军不少枪支弹药。

三所里临近大同江，江上有一座公路桥。为了歼灭美军，一一三师命令三三九团二连负责炸掉这座桥。

连长高学礼带领队伍迅速接近了大桥。大桥上，美军设置了 4 道岗哨，守卫森严，很难接近。但是，如果不能炸掉这座桥，就无法拦住拥有坦克、装甲车的“元勋师”。

高学礼让部队隐蔽后，亲自寻找可以接近大桥的道路。他一个人从侧面小山爬出去两公里多路，终于找到了一条可以接近桥梁的小道。

他随即带领队伍，顺利地完成了炸桥任务，切断了美军从三所里逃跑的道路。

志愿军捣毁龙源里

1950年11月29日17时，喧嚣了7个多小时的三所里平静下来。美军的“元勋师”在三所里连连受挫，不得不向北龟缩。

截住美军后路的一一三师师长有些着急，预料中的美军大部队并没有出现。

“敌人从哪里跑掉了呢?”师长江潮和几个参谋围着地图研究个不停。

这时，机要员送来了电报，军部命令他们分兵龙泉里。看到电报，江师长很奇怪，龙泉里在三所里的北面，美军不可能往北逃。对着地图一比对，江师长判断，师发报员把“龙源里”发成了“龙泉里”。

龙源里地处价川以南的丘陵地区，在三所里的西面。它不仅北通价川、军隅里，南通顺川，而且在它的北面有公路可与三所里相连，相距不过几十公里。

于是江师长和政委于敬山胸有成竹地作出部署。

以三三八团三营继续留在三所里地区截击南逃的美军，同时以一营和二营追歼逃跑的美军，令三三七团向龙源里急进，断美军退路，三三九团三营继续向安州、肃川实施破路炸桥任务。

事实上，我军卡住三所里之后，美军正改道向龙源里汹涌而来。

29日4时，三三七团前卫三连经过一夜急行军，终于赶到了龙源里地区。连长张友喜听到汽车的马达声，感到事情不妙，连忙跑步上了山冈，发现一列很短的车队正向龙源里驶来。

张连长有些懊恼，以为只抓住了美军的尾巴。于是下令攻击。小小的战斗很快就结束了，15辆汽车一个也没有跑掉，还抓获了15个俘虏。从俘虏口中得知，原来这伙美军是美军骑兵第一师第五团及南朝鲜军第一师的先头部队，大队人马还在后面呢！

战斗过后，出现了暂时的寂静。于是战士们开始吃从美军汽车上缴获来的食品。

天大亮了之后，哨兵说有美军情况，张友喜顺着公路向北看，逐渐看清了，是一辆吉普车和几辆大卡车组成的小型车队。

等车队走近了，三连突然出击，没费什么力气就解决了战斗。令大家兴奋的是，美军车队这次运的不再是难喝的“威士忌”，而是面粉和牛油！

三连的士兵没高兴多一会儿，大批的美军来到了。

29日白天一天，美第二师九团的攻击都是以坦克为前导，因此这天的阻击，实际上是志愿军用血肉身躯与钢铁坦克的搏斗。

三连三排一名叫徐汉民的士兵用手榴弹把一辆坦克的履带炸断了之后，没过多久，发现被自己炸断履带的

那辆坦克又“活”了。原来美军的坦克驾驶员钻到坦克下，居然把这辆坦克修好了。

徐汉民一看冒了火，追过去跳上了那辆坦克。其他的志愿军一看到这个情景，大声地喊：“有种！好样的！”

徐汉民在美军坦克上不知道如何下手。坦克带着他开出去100多米远，叫好的志愿军这回又担心了，大喊：“快回来！快回来！”

这时，只见徐汉民突然从坦克上滚下来，接着就是一声巨大的爆炸声。原来，徐汉民把一捆手榴弹塞进坦克的炮塔里去了。

三连阵地的右侧是一连的阵地。一连一排、三排阵地的右侧是二排排长郭忠田带领全排坚守的阵地。

这个阵地是葛岘岭下面的一个小山头，它紧挨着公路，离公路不过50米，正位于公路的转弯处。阵地高约150米，山上长满一人高的马尾松，松林中遍布黑突突的石头。山顶中央，有一块倾斜的巨石，下面是个洞穴。

郭忠田立即指挥战士把巨石下的洞穴掏成了防炮洞，并在阵地上的其他地方修建了防御工事。

8时，4辆美军的卡车和一辆小吉普出现在公路上。郭忠田指挥部队先干掉了吉普车上的军官，然后命令部队冲下去消灭美军。战士们冲上去，甩出10多枚手榴弹消灭了这伙美军。

不久，美军的大部队到了。坦克开在前面，后面还跟着许多汽车。郭忠田命令放过前面的坦克，专打汽车。

美军的弹药车被打着了，车上的炮弹连环爆炸，迸发出连声爆响。二排的阵地前，火光熊熊，弹片飞溅，车轮爆胎，车辆瘫痪在公路上。

郭忠田带领二排利用有利地形死死地卡住了美军的出路。到战斗结束时，他们共消灭200多个美军，而自己无一伤亡，创造了战争史上的奇迹。

从西线溃退下来的美军急红了眼，美军第二师、第二十五师、土耳其旅残部、美国骑兵第一师和南朝鲜第一师都陷入了三面包围。打不开三所里，去龙源里就是死路一条！

炮弹带不走了，全部打出去！美军一个支援炮兵营22分钟发射了320发炮弹，创造了单炮射弹每分钟8发的世界最高纪录！步兵都滚下车来，发起人海冲锋；美国远东空军能出动的飞机都飞来了，几百架飞机轮番对志愿军阵地进行狂轰滥炸。

血战松骨峰痛歼美军

在龙源里激战的同时，第一一二师三三五团的三连在军隅里南边的松骨峰，同美军第二师九团正在进行激烈的战斗。

松骨峰位于龙源里的东北面，它与三所里和龙源里形成了一个三角形，扼守住了通往军隅里和价川的道路。美军在龙源里和三所里受阻，这里就成了他们最后的出路。

松骨峰主峰高288.7米，从山脚向东延伸120米就是公路。公路在这里慢转弯，便于扼守歼灭美军。但是，松骨峰只是个半石半土的小山包，光秃秃的无遮无拦，坡度小，雨裂多，不易防守。

当三连爬上松骨峰，消灭了美军尖兵之后，还没来得及构筑工事，公路上就传来了隆隆的马达声。美军第二师在军隅里遭到四十军的痛击后败退下来了。

看到大批的美军像潮水一样涌了过来，三连的战士们忘记了疲劳，个个兴奋起来，高兴地大喊："抓住了！准备打呀！"

在阵地的最前沿，八班机枪手杨文明把准星压在了美军第一辆汽车上。当汽车转弯减速，与他们相距不到20多米时，杨文明一扣扳机，一串子弹打出一道亮光，钻进了汽车的油箱，汽车上立刻腾起了熊熊的烈火。

随即，二排长王建侯率领5个战士冲上公路，甩出一束束手榴弹，炸毁了后面的汽车。火箭筒手抵近射击，击毁了第一辆坦克，紧接着，五班爆破组又炸毁了第二辆坦克……顷刻间，坦克和汽车变成一堆燃烧的废铁，把公路堵得密不透风。

美军为了逃命，一开始就不惜血本，他们在8辆坦克、10多门大炮和8架飞机的掩护下，向松骨峰发起了猛烈的攻击。败退下来的和前来增援的“联合国军”都想突破松骨峰，朝鲜战争中一场最为惨烈的战斗就这样打响了。

子弹如飞蝗一样到处乱窜，炮弹炸起的烟柱像树林一样密集，美军士兵好似炸了窝的蚂蚁，密密麻麻地爬满了山坡。松骨峰上，浓烟滚滚，烈火熊熊，子弹和炮弹弹片怪叫着打进树干、泥土……

三连战士们沉着应战，一直等看清了美军士兵的大鼻子才开火。手榴弹首先在美军里炸开了花，美军连忙向两边跑，机枪手又用子弹告诉他们应该跑回来。美军听话地跑了回来，又碰上了一阵手榴弹雨。

松骨峰的侧翼是一连和二连防守的书堂站北无名高地。一连和二连在那里从侧面攻击美军。美军被迎头痛击的同时，“腰部”又被狠狠地捅了一刀。

当美军第三次向松骨峰发起攻击时，一连端起刺刀从松骨峰的右侧向美军冲锋，美军士兵的意志崩溃了。

习惯了现代化战争的美军士兵已经不适应冷兵器的惨烈拼杀，被一连一个冲击打退了。

美军意识到志愿军“三角”阵地的厉害，就用部分兵力牵制三连，集中对一连和二连猛烈攻击。成吨的钢铁裹挟着浓烟和烈火落在书堂站北无名高地，仅凭弹坑防御的志愿军伤亡巨大，阵地被美军占领。

美军又把进攻的兵力增加到一个营，调集更加凶狠的炮火覆盖松骨峰。40 分钟的炮犁火耕之后，美军步兵在坦克的掩护下又发起了冲锋。这已经是美军的第五次冲锋了。

机枪手杨文明被子弹击中牺牲了，副班长景玉琢接过机枪，连打 3 梭子，在美军的人墙上打出一个缺口。

连长戴如义端起刺刀冲下去，连续捅翻了几个美军。一发炮弹打来，戴连长摔倒在地上，他连忙用急救包止住喷射的鲜血，接着忍住剧痛，爬到三排的阵地上组织反击。

一颗子弹击中戴连长的头部，他张了张嘴，想喊什么，但终究没有喊出来，就再也没有站起来。

“为连长报仇！”战士们呐喊着，用冲锋枪和机枪猛烈扫射，美军的人墙上缺口越来越多。

战士刑玉堂跳出战壕，用冲锋枪打出一个扇面，几个美军士兵惨叫着滚下山坡。忽然，美军打来了燃烧弹，一颗正好落在刑玉堂的身边。燃烧弹喷出的烈火立刻把刑玉堂裹住了。

刑玉堂接连翻了几个跟头，想把火压灭，但火势太大，无法扑灭。烈火已经烧着了棉衣，刑玉堂成了一个火人。

这时，一个触目惊心的情景出现了：火人站了起来，扑了出去，紧紧地抱住一个美军士兵，和他滚在一起。很快，一个更大的火团奔腾着、翻滚着，夹杂着美军的惨叫声摔下山坡。

又有几个火人冲了下来，和几个美军士兵抱在一起，几个更大的火球中传出志愿军士兵听不懂的惨叫滚下山坡。

美军的人墙破碎了，斗志崩溃的美军士兵们撒腿就往回跑。山下美军督战队被滚下山的火球惊呆了，忘记了自己的使命，眼望着自己人像雪崩一样退了下来。

志愿军主力在收紧，美军感到危在旦夕，于是不顾一切地发起疯狂的进攻。

炮火准备之后，美军打起了从来不使用的人海战术，分不清路数和个数的美军呼喊着“上帝”扑上三连的阵地。

三连战士们蹲在弹坑里，向爬到跟前的美军突然开火。一批美军倒了下去，又一群美军补了上来，显示出从未有过的疯狂。

三连的伤亡开始增多，战斗人员不是牺牲就是负伤，炊事班的勤杂人员、连部的通信员都参加了战斗。排长牺牲了，班长主动代理，班长牺牲了，战士主动接替。

指导员杨少成的子弹打光了，捡起战友的刺刀冲向美军士兵。一个美军士兵拦腰抱住了他，他掏出手榴弹把美军士兵的脑袋砸开了花。

六七个美军用刺刀围住了他，他拉开导火索，在"呲呲"的蓝烟里怒视美军。美军刚要卧倒，手榴弹就炸响了，美军像爆米花一样翻了出去，杨少成也壮烈牺牲。

战士张学荣身负重伤，已经不能战斗。他拿起剩下的4颗手榴弹，滚到美军人墙里，拉着了手榴弹。在黑色的烟雾和红色的血雨中，美军再次发出一片惨叫。

炮排的火炮被炸毁了，他们就把迫击炮弹向地上一磕，然后扔出去打击美军。炮弹在美军人墙上爆炸，又是一个个缺口。

面对志愿军的拼死相搏，美军冲上了三连的阵地。炮兵们没有武器，就抱着炮弹与美军同归于尽。伤员挣脱了卫生员，拖着散开的绷带投入战斗。

太阳快下山了，美军退了下去。在他们眼中，志愿军一到了晚上，就会变得比会隐身的魔鬼还要可怕。

战斗结束时，三连守住了阵地，使溃败的美军和增援部队始终望而不及。

美军第二师的军官战后回忆说：

> 我们甚至看到了增援而来的土耳其坦克上的白色星星。可我们最终也没能会合在一起。

这是一场空前惨烈的战斗。喧嚣退去的战场上，几百具血肉模糊的美军尸体和打乱摔碎的枪支铺满了黑红色的山坡。

在整理烈士遗体时，人们怎么也无法使志愿军的遗体与美军分开，不仅仅是他们已经烧融在一起，也因为志愿军战士的手抱得太紧了。

在一个牺牲士兵的周围，躺着30多个美军尸体，在他身边有一个弹坑，那是美军冲上来时，他与美军同归于尽留下的……

总部嘉奖三十八军

1950年11月30日黄昏，志愿军对被包围的美军发起了总攻。

在黄昏落日的映照下，在军隅里、凤鸣里、龙源里之间，被围困的美军被分割成小股，被从四面压上来的志愿军追歼。

夜幕降临时，美军的末日到来了。

三十八军副军长江拥辉登上指挥所的最高处，看到了令他这位身经百战的指挥官也心惊胆战的场面。

他回忆说：

> 我站在高处，放眼南望，冷月寒星辉映的战地，阵阵炸雷撕裂天空，“轰隆隆”、“轰隆隆”连绵不断。
>
> 几十公里长的战线上，成串成串的曳光弹、照明弹、信号弹在空中交织飞舞，炮弹的尖啸，手榴弹、爆破筒、炸药包发出的闷哑的爆炸声，在峡谷中回响不息。
>
> 敌我双方在公路沿线犬牙交错地激烈战斗，那是我从戎几十年，从未见到过的雄伟、壮阔的场面。

敌人遗弃的大炮、坦克。装甲车和各种大小汽车，绵延逶迤，一眼望不到头，到处是散落的文件、纸张、照片、炮弹、美军军旗、伪军“八卦旗”以及其他军用物资……

而在此时，在志愿军司令部里，已经6个昼夜没有合眼的彭德怀收到了前线胜利的消息，他兴奋地从椅子上跳起来。

当听到三十八军的战况，彭德怀和邓华、洪学智、解方等人都为之动容。彭德怀感慨地说：

三十八军的确是一支好部队！

邓华说：“他们是主力嘛！是很有战斗力的部队嘛！”

洪学智说：

上次他们没有打好，受到老总的批评，这次憋足了劲，要打出个样子来。

这支部队是老部队，有不服输的作风。

有人提议用志愿军司令部、政治部的名义发个电报表扬三十八军，彭德怀同意了。

志愿军政治部起草了一个嘉奖电报，全文是：

三十八军并转各军：

此次战役，我三十八军发挥了优良的战斗作风，尤其一一三师行动迅速，先敌占领了三所里、龙源里，阻敌南逃北援。

敌虽百余架飞机与百余辆坦克终日轰炸掩护，反复突围均未得逞，致战果辉煌。

特通令嘉奖，并祝你们继续胜利！

中国人民志愿军司令部政治部

电报拟好后，正要发出去，彭德怀却喊了一声："慢！"他拿起笔来又加了一句：

中国人民志愿军万岁！

三十八军万岁！

洪学智看了，犹豫地说："嘉奖就可以了，'万岁'恐怕不合适。"

"打得好就万岁嘛！发出去吧。"

紧接着，彭德怀又以志愿军首长的名义，亲笔写了嘉奖三十八军的命令，并通报全军和上报军委。

电文是：

此战役克服了上次战役中个别同志某些过

多顾虑，发挥了三十八军优良的战斗作风，尤以一一三师行动迅速，先敌占领三所里、龙源里，阻敌南逃北撤。

敌机、坦克各百余，终日轰炸，反复突围，终未得逞，至昨30日，战果辉煌，计缴获仅坦克、汽车近千辆，被围之敌尚多。

望克服困难，鼓起勇气，继续全歼被围之敌，并注意阻敌北援。

特通令嘉奖，并祝你们继续胜利！

中国人民志愿军万岁！

三十八军万岁！

就在三十八军的军部里，军长梁兴初正在给一一二师师长杨大易打电话：

“杨大易，上次你小子鼓捣出个黑人团，熙川扑了空，捡了些破烂给老子送来，现在打了大胜仗，一点战利品也没见，都留着生孩子吗?”

“军长，你放心，美国佬的东西就是精致，小手枪、高级望远镜，还有什么刮胡子刀之类的稀罕东西，我正派人收拾！你要什么，数量管够！”

“我要这么多管什么用，得给彭总送去，让他们瞧瞧，咱三十八军到底是不是主力！”

“那还用说，主力就是主力嘛！”杨大易得意扬扬地说。

这时，一个参谋跑进来，递给梁兴初一封电报，脸色显得有些激动。

梁兴初接过电报，迅速看过，当看到“三十八军万岁”时，愣住了，半天没说话。

“军长，还有啥要交代的？——你怎么不说话了？”

“没事了……”

梁兴初回答着，眼睛早已湿润了。

三、东线反击

●美军士兵常常看到一个志愿军像砍倒的木桩倒下去了，却又站起一片涌动的“树林”。

●那个中国军官说：“我是中国军使。我们同意你们派出少数人把重伤员送回古土里，条件是剩下的人必须投降。”

●“轰”，火光、浓烟和巨响把10多个美军士兵撕裂了。残肢、肉块、军装碎片、武器零件和泥土在红黑色的烟雾里飞入雪幕，又落在地上。

第九兵团东线反击

1950 年 11 月初，毛泽东命令在华东的人民解放军第九兵团入朝参战。第九兵团入朝后即按照预定部署，向长津湖地区开进。

在行军途中，所属各军严格执行隐蔽纪律，夜行晓宿，严密伪装，两个军约 10 万人悄然进入战区。

“联合国军”虽然每天都派出飞机对战区进行空中侦察，却丝毫没有发现九兵团的行动踪迹。

战后，“联合国军”将第九兵团这一隐蔽开进称为“奇迹”!

11 月 15 日，第九兵团的二十军、二十七军进入狼林山脉长津湖地区。

长津湖，位于朝鲜东北部赴战岭山脉与狼林山脉之间，是朝鲜东北部最大的湖泊。它由发源于黄草岭地区的长津江在柳潭里与下碣隅里之间所形成。

在长津湖以东约 30 公里，是由长津江最大支流赴战江所形成的赴战湖，两大湖泊及其附近地区就被称为长津湖地区。

两湖周围崇山林立，平均海拔约 1300 米，几乎全是连绵不断的崎岖山区。山上林木繁盛，山间道路狭窄，偶有几处村落也是人烟寥落。

长津湖地区从10 月下旬开始进入冬季，至11 月下旬日平均气温已经下降到零下27 摄氏度。

风雪交加的严寒气候，山高路窄的复杂地形，使战场环境异常险恶，可以说在这样的环境下就连基本生存都不容易。

根据战场情况，第九兵团司令员兼政委宋时轮作出决定：

> 集中第二十军、第二十七军主力，歼灭美陆战一师两个团于柳潭里、下碣隅里、新兴里之间地区，尔后向咸兴、元山方向进攻，续歼增援或南逃的美军。

具体部署是，以二十军首先割裂柳潭里、古土里与下碣隅里美军的联系，坚决阻止美军南逃北援，然后攻击围歼下碣隅里美军。以一个师配给二十七军，保障该军歼灭柳潭里地区美军，以一个师在社仓里方向，确保军主力侧翼的安全。

以二十七军首先歼灭柳潭里、新兴里美军，然后协同二十军歼灭下碣隅里美军，并以一部展开于赴战岭方向警戒，保障左翼的安全。

以二十六军进入临江、中江镇地区集结，为兵团预备队兼志愿军总预备队。

兵团作战意图和部署传达到二十军，军长兼政委张

翼翔召开了军党委会。根据美陆战一师排成一字长蛇阵的情况，张翼翔决定对其进行分割围攻。

张翼翔说：“对付长蛇最好的办法是把它切成几段，猛击‘七寸’要害处，然后分段消灭。”

根据这一战法，军党委决定以二十九师一部兵力在松落洞、广城地区阻击美军西进和向南逃跑，师主力攻占死鹰岭及其以北、以东地区，切断柳潭里美军的退路，协同二十七军攻歼柳潭里美军。

五十八师首先攻占富兴里地区，切断下碣隅里美军与前后的联系，从东、西、南三面包围下碣隅里，然后在二十七军协同下围歼该美军。

六十师夺取古土里以北的有利地形，切断长津湖地区美军的退路，并坚决阻击美军增援，尔后相机围歼古土里美军；八十九师主力在新兴里地区，首先围歼社仓里美军，尔后协同军主力追歼美军。

这个部署将把美陆战一师切成 4 股：柳潭里到死鹰岭一股，下碣隅里一股，古土里以北一股，真兴里一股。美三师七团则被阻隔于社仓里。

11 月 17 日，二十军五十九师一七六团和八十九师二六七团进至长津湖和柳潭里以南地区，接替四十二军，阻止美军北上。

11 月 23 日，配属给美第十军的美陆战一师按照麦克阿瑟的命令向北发起进攻。

美陆战一师师长史密斯对上司的命令有些担心。他从个人渠道知道第一场战役的情况，从而了解到了对手是个神出鬼没的高手。而自己将进入的战区，正是非常适合打伏击的地方。因此，他十分谨慎。

在他的指挥下，美陆战一师一路走得极为缓慢。一路上，他们修筑机场和公路，严密保持彼此间的联系。

然而，美陆战一师的前进很顺利，到了26日，陆战七团已经到达了柳潭里地区。之所以如此顺利，是因为第九兵团仓促入朝，在各方面准备都不充分的情况下，前进速度比较慢。

但即使这样，到了这一天，第九兵团约10万人已悄然进入攻击位置。

11月27日，长津湖地区普降大雪，气温骤降到零下30摄氏度。

10万来自中国江南水乡的九兵团将士虽然仅身穿一层薄薄的棉袄，脚着一双胶底鞋，但靠着坚强的信念和无比的意志，他们趴在寒冷雪原中，紧握手中钢枪，随时准备给美军致命一击！

当天8时25分，陆战七团第三营向柳潭里至武坪里公路两侧山地攻击前进，在克服了轻微抵抗后便顺利占领柳潭里以西的1426高地和1403高地。

随后陆战五团第二营超越陆战七团第三营继续向西，但在第一目标1271高地遭到了志愿军第二十军的顽强防御，几次攻击均未奏效，最后在陆战七团三营的支援下，才艰难地夺取了1271高地。

同时，陆战七团向西南和北面派出了配有迫击炮的战斗侦察小分队，都遭遇了志愿军大部队。经过激烈战斗，才得以撤回柳潭里。

中午过后，美军就接连发现志愿军侦察人员抵近柳潭里进行侦察。

美军意识到，夜幕降临后，志愿军一定会发起其擅长的夜袭。所以从 15 时开始，美军就停止了进攻，构筑工事，准备迎接天黑后的战斗。

27 日夜间 24 时，东线战役发起。

当夜，肆虐的西北风卷着棉球般的雪花，吹得人睁不开眼。狼林山脉的山林中忽然传出惊天动地的军号声和呐喊声。

宋时轮指挥二十军、二十七军 8 个师向美十军发起猛攻。10 万志愿军将士以迅雷不及掩耳之势扑向美军，一夜之间就将美七师和陆战一师截为数段。

美军被志愿军分割包围后，立即将近 200 辆坦克在几个被围点上围成环形防御圈，开辟临时机场，迅速运走战伤和冻伤人员，运来武器弹药和御寒装备。

他们夜间死守，白天则依靠强大的地空火力掩护，向第九兵团攻击部队发动猛烈反扑。

与美军相比，第九兵团不仅在装备上处于劣势，没有打击坦克的重武器，而且衣衫单薄，粮食短缺。但是，志愿军在兵力上和战斗精神上占有优势。

战斗开始后，志愿军用轻武器和血肉之躯扑击美军的钢铁和烈火，战斗进行得极为艰苦、极为残酷、极为惨烈、极为悲壮。

志愿军勇于牺牲的精神令所有的美军士兵胆寒。当海潮一样的志愿军士兵呐喊着从黑暗中扑向火网时，美军士兵常常看到一个志愿军像砍倒的木桩倒下去了，却又站起一片涌动的“树林”。“树林”中迸发出猛烈的火舌，飞出蜂群一样的手榴弹。枪声、爆炸声已经分不清，地上的火光和天上的星光连成了一片……

浴血奋战在长津江

1950年11月28日22时30分，下碣隅里美军阵地前的地雷和照明弹不断爆炸，撕破了战前的宁静。

围攻下碣隅里美军的战斗打响了。

志愿军担负主攻的是二十军五十八师。首轮攻击是以小组为单位的试探性进攻，旨在发现美军阵地的薄弱之处，为随后的大规模主攻创造条件。

试探性的进攻刚刚结束，志愿军的迫击炮就开始了持续30分钟之久的火力准备。

最后一发炮弹刚刚落地，嘹亮的军号就吹响了，志愿军的主攻开始了！一七三团从南、西，一七二团从东同时发起攻击。

美军迅速进入阵地，坦克炮、无后坐力炮、迫击炮、火箭筒、轻重机枪等一切火器全部开火，在阵地前形成了一片火的死亡地带。但是志愿军战士们迎着密集的弹雨毫无惧色地冲了上来。

长津江东一七二团20时许先攻占了上碣隅里，在攻击大桥时，被美军密集火力所阻，即转攻东山。

所谓“东山”并不是具体指哪个高地，而是对下碣隅里东北、正东到东南一片高地的泛称，美军史料则称为“乐丘”，主峰是1071.1高地。

团长命令三营长吴国祥带领一个加强连攻击东山，得手后，继续向下碣隅里进击。

吴国祥带领九连接受任务后，在弥漫的风雪中杀上东山。战斗开始比较顺利，东山上的美军在长方形的浅坑里，钻在鸭绒北极睡袋里睡大觉。战士们扑进浅坑，骑在睡袋上，活捉了好几十个美国佬。搏斗中响起了枪声，枪声又引来密集的火力，战斗激烈起来。

九连指导员牺牲，班排建制打乱。但连队一鼓作气连续攻下3个山头，配合正面部队攻占1071.1高地主峰及西南小高地。九连占领主峰后，与二营五连会合。

拂晓，一七二团完全控制了下碣隅里以东的山地。

攻占东山后，吴国祥把部队编组，准备与五连一起，继续打下去，完成后续任务。可是五连执行昨晚的攻击任务后伤亡极大，只剩下小炮班和几个轻伤员了。是攻是守，吴国祥一时难以决断，急于找团营指挥所报告和请示，但是联系又中断了。

就在此时，五十八师副政委朱启祥和参谋长胡乾秀带着警通班沿一七二团开进路线，也徒步到了长津江东岸。他们在茫茫雪地里偶然发现电话线，接上电话机一摇，正好接通了吴国祥。

焦急中的吴国祥将情况作了报告，并说团长指示打下东山后，再向下碣隅里打下去，请赶快派部队来，抢在天亮以前打下去。

朱启祥立即说："不，你们现在不要动，要听我的命

令再行动。听到吗?”他加重语气，连说3遍。并交代吴国祥就地做好打退美军反扑的准备，立即调整班排建制，抓紧构筑工事，特别要挖防空防炮洞，准备对付美机狂轰滥炸和美军在坦克火力掩护下进行反扑。

拂晓时，狂风暴雪大作。指战员一听师部朱副政委直接指挥大家作战，无不精神振奋，斗志昂扬。他们顶着风雪，挥舞铁锹铁镐，抢修工事，并组织专人收集美军遗弃的枪支、弹药、工具。

长津江西的一七三团，29日3时攻入京下里。这是下碣隅里的外围村落，地形开阔平坦，正是美陆战一师坦克营驻地。黑夜中，借着照明弹的光亮，只见一溜坦克摆在露天，黑压压的一片。

爆破手上去，炸翻了一辆坦克。

美军坦克手睡得正浓，一个个跳起来，窜向坦克。

“轰隆”、“轰隆”……又有两辆坦克炸翻了。

五十八师师属炮兵营无后坐力战防炮连的炮弹打光了，美军重约30吨的中型坦克却扑了过来。战防炮连且战且走。美军“轰”、“轰”、“轰”地把坦克围成一团组成火力网。一七三团没有反坦克炮，炸药包已用光，也无法迫近用火力攻。

攻打下碣隅里飞机场的部队开始进展顺利。六连排长卜广德虽然手脚都冻坏了，肿得像馒头，还是带着全排悄无声息地摸进美军帐篷，捂住这些家伙的嘴巴，居然连连摸下了3个帐篷。

九连攻打飞机场的小山头。战士唐云接连甩出两枚手榴弹，一个打在绊脚铁丝网上，一个打在美军的浅坑里，刚要甩出第三枚手榴弹，一颗子弹打穿了唐云的左腿。

唐云咬牙爬起来继续前进。天气太冷，步枪冻得拉不开枪栓，手榴弹也揭不开盖，唐云就用牙齿使劲咬开手榴弹盖甩了出去。

绊脚网不高，唐云一步跨过去，却把网上挂着的罐头盒碰得叮当响。随即亮起了照明弹，紧接着，一梭子子弹飞了过来。又一颗子弹打穿了唐云的左脚跟，他站不起来，就躺在雪地里向美军甩手榴弹，掩护战友们继续冲锋。

此时，又是一颗子弹打到了唐云嘴巴里，坚强的唐云终于晕了过去。但他很快苏醒过来，把步枪挂在脖子上爬出铁丝网。此时美军发射炮火封锁志愿军的前进道路，炮弹又炸伤了他的左臂，把他埋在雪泥里，唐云又晕过去了。

当他再次醒来时已是第二天下午，在包扎所里——是文化教员打扫战场时把他背下来的。

拂晓，志愿军长津江西的部队撤出战斗。

在一夜的激战中，五十八师的战士们一次次突入美军阵地，子弹甚至飞进了史密斯师长的房间，在墙壁上留下了一排弹孔！

但因火力不足，冻伤严重，各部都不能于当晚解决

战斗，最后又不得不一次次撤出。

虽然杀伤美军达800余名，但仅靠步兵轻火器无法压制美军大量坦克和大口径火炮火力，攻击部队也遭到较大伤亡。

第九兵团虽然未能歼灭当面美军，但已完成了对长津湖地区美军的分割包围，将美陆战第一师和步兵第七师一部分别包围于柳潭里、新兴里、下碣隅里等地，割断了美军相互之间的联系。

歼灭联军的特遣队

11 月29 日下午，美军为打破被分割包围的状态，恢复其相互间的联系，古土里、堡后庄、真兴里地区的美陆战第一师第一团一个营和一个坦克营、英国皇家陆战队及南朝鲜陆战队一部共约1000 人，组成了特遣队。

特遣队在50 余架飞机的掩护下，向志愿军第二十军第六十师富盛里、小民泰里一线阵地猛烈进攻，企图打通与被包围的下碣隅里、新兴里、柳潭里美军的联系。

这个特遣支队有中型坦克29 辆、汽车160 余辆，其最高指挥官为英军德赖斯代尔海军中校，因此被称作“德赖斯代尔特遣队”。

二十军军长张翼翔已经做好了充分的准备，他命六十师一七九团和一七八团控制公路两侧山头，并从一八〇团抽出一个营于夜间攻击古土里，以牵制古土里美军，使其无暇支援“德赖斯代尔特遣队”。

张翼翔还为“德赖斯代尔特遣队”选择了一个合适的“墓地”。

在这块“墓地”上，公路的西侧紧挨着一道并不很深的水沟，然后是一片300 米宽的水田，水田以西则是长津江；而公路东侧则是一道深沟，虽然没有水，却很深，成为阻击阵地天然的屏障。

深沟以东是一片足有150米宽的开阔地，正是发扬火力的理想之地，开阔地后面是废弃的铁路，过了铁路则是高出地面6米至9米不等的台地，台地再往东就是大片陡峭的山地。

志愿军的阻击阵地就设在台地和山地上，可以充分发挥地形优势，给予企图强行通过公路的美军以沉重打击。这段道路后来被美军称为“地狱烈火峡谷”。

29日晨，第六十师师长彭飞向守卫富盛里的一七九团下达了命令：

> 不惜一切牺牲，坚决阻击。断其退路，加以歼灭。

下午，“德赖斯代尔特遣队”在30多架飞机的掩护下沿公路突入一七九团二营阵地。15时许，美军先头数辆坦克经过1182高地，二连事先已在公路上点起一个汽油桶和一堆柴草，美坦克在熊熊大火前只好停止前进。

霎时，一排手榴弹投向美军阵营，一辆汽车被炸中起火，二连连长率全连战士向特遣队侧后猛击。

这时，炸药用尽，而坦克仍在疯狂开炮。战士罗金山和徐忠启先后跃上公路，每人腰捆8枚手榴弹，仰卧在坦克面前，以血肉之躯堵住美军的钢铁怪物。爆炸声中，坦克瘫痪在公路上。

接着，一连又炸毁了路面的公路桥，击毁了冲在最前头的一辆坦克。特遣队队形大乱，多数坦克一看形势不妙，赶紧将特遣队的步兵扔下，掉头逃回古土里。

志愿军缺乏有效的反坦克武器和手段，即便包围了美军的坦克集团，也无力歼灭，只能眼睁睁看着美军坦克杀出重围。

特遣队的坦克跑了，剩下的步兵失去了掩护，不得不用轻武器与志愿军战斗。这自然不是志愿军的对手。特遣队支队残余兵力，被志愿军包围在南北公路一线。

第一七九团马上压缩包围圈，3 发红色信号弹升起，冲锋号吹响，一营以迅猛的动作插上公路，将特遣队截成几截。不多时，这些残兵败将仅有的一门 75 毫米无后坐力炮也被志愿军炮火摧毁。

30 日 4 时 30 分，特遣队指挥官查伊杰斯达中校已经身负重伤，部队由麦克劳林少校指挥。在鱼肚白的晨光中，冻得浑身麻木的麦克劳林看到一个被俘的美军中士带着一个中国军官走了过来。

麦克劳林翕动着颤抖的嘴唇问："你是来投降的吗?"

那个中国军官说："我是中国军使。我们同意你们派出少数人把重伤员送回古土里，条件是剩下的人必须投降。"

麦克劳林看了一下天空，说："我考虑一下。"

麦克劳林想估计一下什么时候天才会大亮。他想把谈判拖延到天亮。

一个小时后，志愿军识破了麦克劳林的伎俩，一营

营长张宝坤下令攻击。

此时，麦克劳林的部下手榴弹几乎全部用完，子弹也所剩无几，子弹最多的人也不过只有 8 发。麦克劳林见大势已去，便决定投降。

此次增援行动，德赖斯代尔支队只有 400 人到达目的地，200 人折返回古土里，还有 400 人在战斗中伤亡或被俘。

美军资料称“德赖斯代尔特遣队”922 人中阵亡、失踪 321 人，损失车辆 75 辆。

英雄杨根思壮烈牺牲

在“德赖斯代尔特遣队”向北进攻的同时，下碣隅里的美军也向南发起攻击，企图南北对攻，打开通往古土里的通道。

下碣隅里东边的制高点——东山就成为中美双方防攻的焦点。美军在史料中写道：

> 东山可以一览无余地观察下碣隅里环形阵地，它的丧失对环形阵地内的美军来说，等于把匕首插进了自己的咽喉里。

因此美军陆战一师一团三营营长里奇中校命令副营长，集中全部预备兵力攻击东山，夺回高地。

五十八师一七二团三连连长杨根思带着一个排，牢牢地驻守在东山 1071.1 高地边的小高岭上。

28 岁的杨根思是新四军老战士，参加过淮海战役等大小数十次战役战斗，多次荣立战功，是著名的战斗模范和爆破英雄。9 月份刚出席过第一次全国战斗英雄代表会议，受过毛泽东等中央领导的接见。

上阵地以前，营部送来了两筐地瓜，杨根思亲自分给每个战士 3 个地瓜，然后带领战士们上了阵地。

天亮了，美军的大炮和飞机向阵地上倾泻着烈火和钢铁，阵地被浓烟笼罩，沉重的爆炸声和尖利的弹片声混合在一起。刚刚飘落的白雪到了地上就被炸成了黑色。

志愿军战士们躲在简易的工事里，顽强地顶着炮火和令人窒息的空气，不时把自己从土里挖出来。

炮声刚刚停下，美军就冲了上来，但立即被志愿军的手榴弹给炸了回去。美军新的一轮炮火又铺天盖地而来。

从炮声中，杨根思感觉有些不同，其中夹杂着坦克炮的声音。果然，在高地的一侧他发现了美军 8 辆坦克。他意识到，美军开始强攻了。

美国海军陆战队员们潮水般地向高地猛冲，和志愿军士兵搅在了一起。

美军陆战队顶不住了，退了下去。他们发现，不知道什么时候，几个志愿军从后面凶猛地一边扫射一边冲了上来，刺刀已经刺穿了一个人的屁股。而且，冲在最前面的坦克不知什么时候被炸成了废铁，几个坦克手正披着一身火焰在雪地里翻滚。

杨根思看着一群花花绿绿的钢盔晃动着退了下去，那是美军陆战队特有的迷彩钢盔套。

10 时，美军又发动了新的一轮进攻。这次进攻比以往的进攻都要猛烈。天上飞机的密集程度，志愿军士兵前所未见。当打退美军又一次进攻后，阵地前躺满了美军的尸体。

杨根思看见重机枪排排长向自己爬过来："连长，机枪子弹没有了。"

"人还有多少?"

"除了我，还有个负伤的兵活着，还有连长你。"

"你和那个兵下去，向营长报告情况。"

"你呢，连长?"

"我在这里守阵地。把重机枪带下去，不能留给美国鬼子。"

看到重机枪排排长没动，杨根思加重口气说："执行命令!"

"是。"重机枪排排长爬着拉起另一个战士，拖着机枪下山了。临走前，他们举起被熏黑的手，向连长敬了个军礼。

杨根思将阵地上所有的炸药块收集起来捆了一个重达几十斤的炸药包抱在怀里。他绕着阵地走了一圈，然后找个地方隐蔽起来。

战场上很静，美军的重伤员躺在雪地里呻吟着，间或地，火焰烧裂了树干，发出轻微的响声。这是此时战场上唯一的声音。

美军的炮火准备又开始了，这次比上一次又长了几分钟。炮火稍停，美军陆战队士兵就爬了上来。想到刚才志愿军把自己打退了，他们又怕又恼怒。虽然为此被指挥官狠狠地踢了屁股，但他们依然爬得小心翼翼。

没有预料中的手榴弹，也没有浑身血红的人从土里

凶狠地扑过来。到了山顶，美军士兵直起了腰，庆幸地互相笑着。已经扔了几十吨的钢铁了，就是铁人也该被撕碎了。

这时，他们发现，一个人从土里钻了出来，大步地向着自己跑过来。他的棉帽护耳没有系上，在脑袋两侧呼扇呼扇的。这个人的怀里冒着黄烟，黄烟扑打在他平静的脸上，像抽雪茄一样享受。

美军士兵愣住了，那平静的表情根本不是要拼命的样子。他们很快就明白了，那冒烟的是拉着了导火索的炸药包，这就是一个来拼命的人。

"哇"的一声，美军士兵转身就跑。

"轰"，火光、浓烟和巨响把 10 多个美军士兵撕裂了。残肢、肉块、军装碎片、武器零件和泥土在红黑色的烟雾里飞入雪幕，又落在地上。

剩下的美军看到这个情景，生怕再有一个人从土里钻出来拼命，连滚带爬地退下山去了。

杨根思的行动令美军的进攻停止了。

从这时起，一直到美军撤离这个地区，美国人再也没有踏上这个高地一步。

战后，杨根思被授予中国人民志愿军特等功臣、特级战斗英雄、"朝鲜民主主义人民共和国英雄"称号。

他是抗美援朝战争中第一个获此殊荣的烈士。

新兴里与美军激战

1950 年 11 月 27 日夜间，东线战役开始后，志愿军集中八十师和八十一师二四二团共 4 个团由二十七军副军长詹大南统一指挥，对新兴里的美军第七步兵师三十一团进行攻击。

美军第七步兵师三十一团由 3 个步兵营、1 个坦克连组成。该团团旗上有北极熊的图样。第二次世界大战期间，美第七师参加过太平洋战场上的阿留申群岛、马绍尔群岛和冲绳岛等战役，称得上是陆军中战斗力较强的团队。

新兴里位于长津湖以东，丰流江在这里汇入长津湖的南侧。村子的地势南高北低，东西狭长，村北地势平坦且有已经废弃的窄轨铁路，还有一条公路，便于机械化部队运动。村西滨湖，地形狭窄，不便于大部队展开。村南主峰、1221 高地、1239 高地等 3 座山峰呈三足鼎立之势。

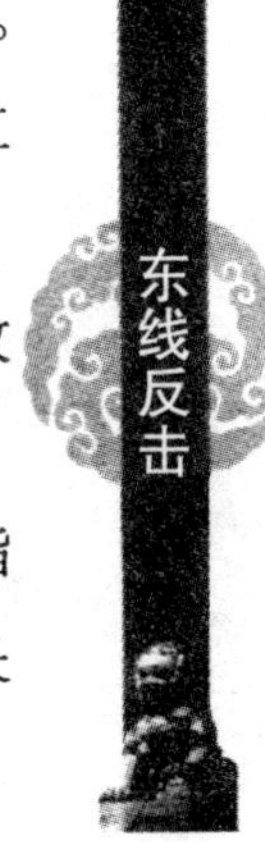

子夜时分，在嘹亮的军号声中，志愿军全线发起攻击。“北极熊团”官兵立即组织反击。

美军战斗力很强，冲在最前面的志愿军二营四连指导员庄元东和多名战士倒在美军猛烈的火力之下。连长李昌言迅速改变战术，指挥部队以班为单位隐蔽前进。

五班和六班连续消灭了几座房屋里的美军，其中3间房屋均有电话机、报话机，墙上还挂满了作战地图，原来五班和六班打掉的是美军三十一团的指挥部。

接着，五班和六班继续向西前进，于28日拂晓前夕突袭了美军五十七炮兵营的阵地，干净利索地解决了还在睡梦中的炮兵，缴获了12门105毫米榴弹炮。

这一行动对于以后的战斗意义非常深远。捣毁团部对于美军指挥体系的打击很大，袭击五十七炮兵营阵地，使得该营的105毫米榴弹炮在美军以后的战斗中再没有发挥作用，不仅大大减少了志愿军攻击部队的伤亡，而且极大缩短了战斗进程。

就在五班和六班接连取得战果之时，七班和九班也夺取了公路桥边的房屋，控制了桥头阵地。至此，四连出色完成了穿插敌纵深的任务。

天亮后美军从三面反扑，四连处境非常危险，因此在请示了营长后撤出新兴里。可惜由于兵力不足，缴获的榴弹炮和大量物资均没有带出。

二四〇团三营的任务是攻占内洞峙，这是新兴里西北的制高点，可以俯瞰整个新兴里，是美军新兴里环形防御圈的重要一环。

战斗打响后，三营连续夺取4个高地后被1315和1216高地的美军火力压制，难以发展。

团长立即将一营投入战斗，这才打破僵局，于4时许一口气攻占了3个高地。至28日凌晨，二四〇团已占领新兴里东北、正北、西北一线多处高地。

二四二团则绕过新兴里，出其不意地出现在新兴里南面公路，一营和三营先后攻占公路两侧的高峰和1221高地，彻底截断了新兴里到下碣隅里的公路。

这一夜战斗中，志愿军涌现出了一位杰出的战斗英雄孔庆三。

孔庆三是八十师炮兵团五班班长。当晚战斗中，孔庆三所在炮班配属二三八团三营攻击新兴里二沟。

为了摧毁美军在一幢独立房屋里的火力点，孔庆三指挥炮班将九二步兵炮前推实施抵近射击。由于天寒地冻无法迅速构筑发射阵地，他只得就势利用地形将炮座驻锄扎在一块大土包上。

此时战斗情况非常紧急，不容片刻犹豫。孔庆三便将一把铁锹插进右驻锄的手提环，用自己的肩头死死顶住铁锹把，把自己的身体构成火炮的基座，然后大声命令炮手开炮。

一声巨响之后，该火力点被摧毁，孔庆三则因巨大的后坐力撞击而当场牺牲。

孔庆三作为炮班班长，他非常清楚火炮后坐力的威力，也非常清楚这样做的结果，但是为了战斗的胜利毫不犹豫地献出了自己生命。战后他被追记特等功，并追授“志愿军一级英雄”称号。

经过一夜激战，二三八团攻占了新兴里以北、以东一线高地，二三九团攻占1455和1100高地，并曾一度攻

入新兴里村内；二四〇团夺取了内洞峙东北、正北和西北一线高地；二四二团攻占了新兴里以南的1221高地、高峰和新岱里，完成了对新兴里及内洞峙地区美军的合围。

志愿军第九兵团由于战前各种准备不足，加之补给困难，又是在这种恶劣的自然环境下与美军作战，部队冻饿体力消耗很大。因而，虽对长津湖地区的美军完成分割包围，但在几个包围的点上，攻击力量均显不足。至此，第九兵团同各处被围美军形成了僵持。

经一夜的战斗，第九兵团对被围美军的部署有了进一步了解。并判断：柳潭里的美军为美陆战第一师第五团2个营、第七团和炮兵第十一团2个营；新兴里的美军为美步兵第七师第三十一团1个加强营，下碣隅里的美军为美陆战第一师师部和第一团2个营、第五团1个营和1个坦克营。总兵力为1万余人。

根据这个判断，宋时轮调整部署，决定首先歼灭新兴里美军，先对戴维·巴尔率领的美步兵第七师下手，尔后转移兵力逐个歼灭柳潭里、下碣隅里美军。

28日开始，九兵团的攻击重点转为美第七师三十一团所在的新兴里。

新兴里的战斗进行到28日天亮时，新兴里周围地区的高地，几乎全被志愿军所控制，美军被压缩在方圆不到2公里的狭小地域。

美军为改变被志愿军合围在不到2平方公里狭小地

区内的不利态势，依仗优势装备，向志愿军八十师进行反扑。

28日一早，后浦里美军也在多架飞机配合下，以12辆坦克为先导，向志愿军发起多次进攻，企图为新兴里美军解围。

面对飞驰而来的美军坦克，阵地上的二四二团九连副班长叶永安没有惊慌失措，他带领打坦克小组沉着应战。

当美军4辆坦克进至二四二团阵地约40米时，叶永安带领战士闻立田、熊自远快速匍匐前进。在距美军坦克约20米时，叶永安一跃而起，扑向美军坦克前面的一辆被打坏的吉普车，迅速将它点燃。大火挡住了美军领头坦克的去路。叶永安趁机用手雷将第一辆坦克击毁。

接着，他们向第二辆坦克冲去。

美军坦克驾驶员伸出头来窥视道路时，闻立田飞身跃上坦克，对准坦克顶盖投进一枚手榴弹。只听“轰”的一声，美军第二辆坦克瘫痪了。

他们又向第二辆坦克冲去。闻立田一边跑一边甩出一枚手榴弹，叶永安趁着爆炸烟雾的瞬间，抱着炸药包冲了上去，将坦克履带炸断。

就这样，机智勇敢的叶永安小组，一鼓作气报销了美军4辆坦克，令这支反击部队狼狈撤回后浦里，为防止“北极熊团”逃窜立了大功。

战后，志愿军二十七军授予叶永安“反坦克英雄”

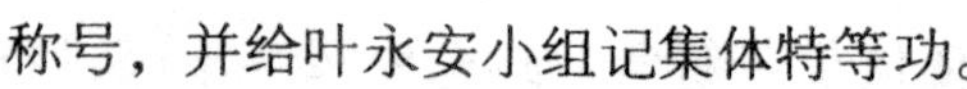
称号，并给叶永安小组记集体特等功。

28 日 11 时 30 分，美第十军军长阿尔蒙德乘直升机赶到下碣隅里的陆战师师部视察，他本意是想让陆战一师加快进攻速度，但被史密斯师长执意取消进攻计划的要求弄得意兴阑珊。由于身为陆军将领的阿尔蒙德对海军陆战队没有完全的控制权，所以他只能极不情愿地让史密斯自己看着办。

憋了一肚子气的阿尔蒙德接着又飞到新兴里，见到了美军三十一团团长麦克莱恩上校和三十二团一营营长费斯中校。

阿尔蒙德对两位陆军前线指挥官关于 27 日夜间的战况汇报嗤之以鼻，阿尔蒙德指责他们被中国军队吓破了胆，表示“我们要继续进攻，要直捣鸭绿江，不要让几个中国志愿军挡住你们”。他的话激怒了在场的所有官兵。

临走时，阿尔蒙德把随身携带的 3 枚银星勋章颁发了出去。但他前脚离开，愤怒的费斯中校后脚就把自己刚得到的勋章扔到了积雪中。

28 日白天，志愿军主要应付美军的反扑，加之没有获得充足后勤补给，未能对新兴里被围美军发起进攻。

当日 18 时刚过，夜幕降临，志愿军八十师就全力开始了攻击。在攻击开始前，八十师虽竭尽所能集中全部炮火进行火力急袭，但是由于补给跟不上，炮弹匮乏，炮火急袭只持续了短短 5 分钟！

炮火一停，二三八团和二三九团便向新兴里发起了攻击。尽管这两个团已经连续战斗了一天一夜，伤亡减员，但是士气依旧高昂，不顾美军猛烈火力前仆后继勇猛冲击。

二三八团从东南方向进攻，二三九团从西南方向进攻。战至午夜前后，已有多个部队相继突入新兴里村内，与美军展开了巷战。

但是志愿军缺乏有效的通信手段和工具，师团之间主要靠有线电话，团以下主要靠人力通信。在炮火连天瞬息万变的战场上，根本无法及时有效地上传下达，师团指挥无法及时掌握部队进展，也就无法在最有利的时机、地点投入预备队以扩张战果，形成了各自为战的局面。

而美军则依托工事充分发扬坦克炮、无后坐力炮、多联高射机枪等火器的火力优势，暂时阻滞了二三八团和二三九团的攻击。

二四〇团在师炮兵营6门75毫米山炮的掩护下全力攻击新兴里外围制高点内洞峙，一营和三营主攻内洞峙，二营则插入新兴里与内洞峙之间，占领公路桥，切断两地之间的联系。

战斗打响后，一营迅速夺取了制高点1249高地，二营勇猛穿插直取公路桥，摧毁公路桥边的美军营指挥部，并控制大桥以及附近高地，三营也从公路一侧迂回攻击。

在志愿军的猛烈打击下，内洞峙守军不得不放弃阵地夺路而逃。由于三营估计不足，只在公路上部署了一个排，力量单薄无力阻止美军的突围，结果有300余美军得以逃入新兴里。

战斗中，美军团长麦克莱恩上校看到公路桥南岸有部队活动，以为是前来增援的三十一团二营，兴冲冲地赶去联络，其实是志愿军已经攻到了这里。结果连中数枪伤重而死。

29日拂晓，经过志愿军两天的战斗，美军被歼800多人，但志愿军也损失很大。

八十师经连日苦战，伤亡及冻饿减员严重，各团为了能继续保持战斗力不得不合并缩编建制。二三八团缩编为6个步兵连，二三九团缩编为3个步兵连、1个重机枪连和1个迫击炮连，二四〇团减员情况好于上述两团，故未缩编。

直到这时，詹大南才通过俘虏了解到，新兴里守军是4个步兵营和1个炮兵营，而不是战前所判断的1个加强营，其兵力为原估计的3倍以上！

詹大南见部队伤亡大进展小，天亮前已不可能解决战斗，便下令各部撤出村内，退回村外阵地，整顿建制准备再战。

29日，二三八团附二四〇团二营沿着北面的山沟直插新兴里公路桥和新兴里二沟。团长临时改以三营首先投入攻击，三营以班排为单位同时对二沟村里50多个房屋发起攻击。

一营赶来后穿过战斗正酣的二沟猛扑新兴里北侧的1100高地和1200高地，然后就势冲入新兴里村内。二四〇团二营迅速插入新兴里美军阵地纵深，夺取了新兴里公路桥，然后协同二三八团三营肃清在二沟里的美军，割裂了新兴里与内洞峙两地美军的联系。

二三九团从丰流里以北经泗水里展开攻击，先后攻占1455和1250高地后，从南面和东南两面冲入新兴里，担负穿插的二营四连肃清1100高地附近美军警戒哨后，留下二班坚守1100高地，其余部队一路杀进村里。

调整战斗部署

东线反击战进行到12月30日，第二十七军和第二十军第五十九师粉碎了柳潭里、新兴里“联合国军”的突围企图，而首先发起攻击的下碣隅里战斗仍在激烈进行。

为配合第二十七军攻歼新兴里美军，宋时轮决定：第二十军第五十八师、第二十七军第七十九师也分别对下碣隅里、柳潭里美军进行钳制性攻击。第二十军第八十九师对社仓里之美步兵第三师第七团暂取守势。为准备第二步攻歼柳潭里美军，第二十军第五十九师暂归第二十七军彭德清军长指挥。

二十七军军长彭德清调孙端夫师长的第八十一师主力会同第八十师围歼新兴里地区美军。第二十七军预备队第九十四师准备随时投入战斗。

美陆战第一师主力和美第七师一部在长津湖地区被分割包围的消息，震惊了美国朝野上下。陆战第一师是美军最精锐的王牌部队，如果该师在长津湖全军覆没，对美军将是一个最沉重的打击。美军立即出动飞机对部队进行补给。

29日15时，美军两架C－119运输机飞临新兴里空投补给。但是大部分补给都落在志愿军阵地上，美国守军所得寥寥无几，而且其中没有他们最为急需的40毫米高射炮弹和医疗品。一个没有打开降落伞的货包还砸死了美军一名士兵!

后来美军飞来两架直升机送走了4名伤员，4人中包括三十一团三营营长威廉·赖利中校和五十七炮兵营营长雷·恩布利中校。

两名战地指挥官被送往安全地带，使在场的美军士兵情绪一落千丈，有人称之为“一枚实实在在的重磅泄气弹”。另外，美空中支援管制中心还通过一架联络机空投了一批吗啡，这就是新兴里美军所获得的全部援助。

志愿军的勇猛作战引起“联合国军”一连串连锁反应，就在美军对被围部队进行补给的同时，华盛顿当局和麦克阿瑟再次陷入争吵。

麦克阿瑟自从仁川登陆以来，就以其桀骜不驯的作风令华盛顿当局非常恼怒。第一次战役结束后，双方曾就是否轰炸鸭绿江上的桥梁发生争吵，最终，麦克阿瑟赢了。

但是，一直“给美国带来好运”的麦克阿瑟却真正地把东西两线的美军都推到了火坑里。这让美军参谋长联席会议十分紧张，也对麦克阿瑟的瞎指挥难以容忍，因此决心直接干预作战指挥。

美军参谋长联席会议于11月29日给麦克阿瑟发电报，批准他由进攻转入防御的计划，并特别指出：先前所有与防御计划抵触的命令均应取消，必须保持第十军与第八集团军行动的一致性，使两支部队连为一体。

麦克阿瑟虽然在西线被打得焦头烂额，但对东线美第十军仍抱有信心，他像往常一样拒绝执行参谋长联席会议的命令，声称："第十军从地理上威胁着正向第八集团军右翼进攻的志愿军部队主要补给线"，正是由于这种威胁，才迫使志愿军投入8个师的兵力来阻挡陆战第一师的进攻，自然就减轻了第八集团军的压力。

麦克阿瑟认为，只要第十军在目前的位置上，中国军队就不敢轻易向南推进，"任何使第八集团军和第十军在朝鲜蜂腰部联成一道防线的想法，都是不切实际的"。因此，第十军的当务之急，是向咸兴、兴南地区收缩，摆脱被隔离和围困的境况，然后准备坚守或向西进攻，策应第八集团军作战。

根据麦克阿瑟的命令，美第十军军长阿尔蒙德决定将东线部队全部收缩至元山、兴南地区。

11月29日，阿尔蒙德发布新的作战命令，决定将古土里以北长津湖地区的部队，全部归陆战第一师指挥；令陆战第一师从柳潭里撤出1个团至下碣隅里，绝对保障下碣隅里的安全，并打通至新兴里的道路，接应"北极熊团"后撤至下碣隅里，在下碣隅里建立巩固的防御阵地，然后打通通往古土里的道路。

同时，阿尔蒙德命令美第七师在惠山镇地区的部队向兴南撤退，令第三师在保障由长津湖地区之水洞通往兴南公路并封闭社仓里向东公路的同时，立即抽调配属该团的南朝鲜陆战第一团和1个美军营，组成C特遣队，保护元山及其机场安全，令南朝鲜第一军向成兴收缩，并保障第十军右翼安全。

11 月30 日，阿尔蒙德匆忙赶到下碣隅里，召集陆战一师师长史密斯少将、第七步兵师师长巴尔少将，举行紧急会议。

阿尔蒙德复诵了麦克阿瑟总部的命令：撤出长津湖地区所有部队，并授权史密斯“可以炸毁一切影响撤退的装备”。

30 日晨，第七师师长巴尔来到下碣隅里与史密斯会商，巴尔和史密斯一致同意在陆战五团和七团回到下碣隅里前，任何解救“北极熊团”的计划都是不切实际的，这个团只能依靠自己突围。

协商结束后巴尔乘直升机飞到新兴里，亲自向费斯传达了突围命令。

费斯在中国解放战争时，曾在美军驻华军事顾问团里工作，对解放军的战术和特点有相当的了解，所以巴尔认为他有能力独立指挥突围。

下午，阿尔蒙德和巴尔在下碣隅里机场边的简易帐篷里商讨战局，此时阿尔蒙德再也不是两天前对费斯高喊不要害怕几个中国志愿军的阿尔蒙德了，他已经被目前的危急形势所深深震惊。

他告诉巴尔，第十军已准备撤出长津湖地区，他要求巴尔必须在第二天制订出费斯支队的撤退计划和时间表。

至此，东线的美军开始溃逃。

30 日晨，志愿军八十一师师指及二四一团到达丰流里，原配属八十师的二四二团归还建制。

同时，九十四师也到达长津湖地区。

二十七军立即调整部署，以二四一团接替二三九团1250 高地防务，以九十四师二八一团接替二四三团部分防务，使二四三团能全力坚守大小汉岱里地区。

在调整部署的同时，各部还进行了政治动员，并补充了一些弹药。

歼灭“北极熊团”

1950年11月30日，当晚大雪纷飞，气温继续下降，志愿军冻伤人数大为增加，但仍于23时以4个团的兵力向新兴里发起了猛攻。

二三八团从东南，二三九团从西，二四〇团从东北，二四一团从西北同时开始突击，战至12月1日拂晓各部均突入新兴里村内，与美军展开逐屋争夺。

在纵深战斗中，二四一团二营、三营在公路沟附近以密集队形冲击，结果遭到美军火力拦阻，伤亡较大。

此外，由于通信不力，战地总指挥詹大南无法及时有效进行指挥协调，整个战场呈现出混战态势。

美军经连日激战，外援断绝，士气畏缩，此时在志愿军四面猛攻下，渐显不支。詹大南见战场形势有利，果断下令天亮后继续攻击，务求全歼美军！

天亮后，尽管战场上空一直有数十架次美军飞机盘旋，但是由于双方战斗队形交错胶着，美军飞机难以识别敌我，也就无法实施有效的空中支援。见无空中威胁，志愿军士气更旺，连续组织攻击，包围圈越来越小。

二四〇团三连在只剩下两个排的情况下，仍然要求担当主攻被美军占据的三座独立房屋之任务。当他们攻下第一座房子后，由于后续部队未及时跟上，加之地形

平坦不便隐蔽等因素，受到三面之美军的火力夹击。但三连官兵临危不惧，与美军展开激战，终于将第三座房屋占领，并牢牢坚守着。

当营长带领后续部队赶来时，坚守第二座房子的战士王德立正报告：“营长，俺们的任务完成了！”

至12月1日11时许，被围美军开始向新兴里以西进行最后突围。在将所有炮弹倾泻一空后，美军残部在10多辆坦克掩护下拼尽全力向二四一团阵地发起冲击。

二四一团三营八连所在阵地首当其冲，在打退美军几次冲击后，八连官兵伤亡很大。

二三八团、二三九团和二四〇团肃清当面美军后，纷纷转入向美军突围方向追击，公路上到处是混战。

二四〇团三营七连二排五班长隋春暖在攻击内洞峙战斗中即表现出色，他不顾两个脚趾冻伤，首先指挥五班迂回攻占制高点，保障了正面攻击的连队主力的安全；当二排遭到美军交叉火力拦截时，隋春暖主动建议自己率领五班坚守阵地掩护全排转移，并击退美军多次反击；最后当邻近的八连阵地被突破的危急关头，他又主动率领全班从美军侧翼发起攻击，夺回了阵地。

此次追击美三十一团残部美军，隋春暖带伤指挥全班追出近10公里。在公路上，他们截住一股美军，隋春暖勇敢地与美军展开近战肉搏，一连毙美军多人，生俘5人。战后隋春暖获得特等功臣称号，并荣获“朝鲜民主主义人民共和国战士荣誉一级勋章”，五班也被授予“新兴里战斗模范班”荣誉称号。

美军突破二四一团阵地后继续沿公路南逃，在1221高地附近遭到志愿军二四二团三营全营火力的猛烈射击。

美军队形被打乱，代理团长费斯中校只好下令自行突围，于是美军分成数股四散而逃。费斯在战斗中被手榴弹炸成重伤，不久死在车上。

费斯死后，逐渐失去控制的部队更是失去了最后的组织，全团的最后崩溃由此开始。

突围的一路人马见沿公路南逃无望，竟然企图从冰封的长津湖面上突围，结果冰层无法承受汽车、坦克的重量，轰然坍塌，车上的美军落入湖中冻溺而死。

另一路400多美军突破二四二团三营的阵地继续南逃，在后浦以北地区被二四二团一营迎头截住。经过一夜激战，至12月2日凌晨200多美军被一营消灭。只有200多美军沿长津湖边隐蔽南逃，摆脱了志愿军的追击，逃入柳潭里。

至此，新兴里、内洞峙地区的美军第七步兵师三十一团、三十二团一营及第五十七炮兵营，被二十七军基本歼灭。

“北极熊团”最终在朝鲜北部的冰天雪地中遭到了覆灭的命运。

二三九团三营通信班班长张积庆，在打扫战场时捡到一块1平方米左右的蓝布，其形状和装饰很像一面旗子，但与解放军用红色布料做旗子的习惯不一致，因此

他没有在意，把它做包袱皮用了。

后来，他对营长毕庶阳说，捡了一块很奇怪的布。毕营长让他拿来看看。

见了这块布，毕营长大吃一惊，知道这是“北极熊团”的军旗，赶忙把它上缴了。后来，这面军旗成为国家一级文物，收藏于中国人民革命军事博物馆内。

美军二十[illegible]团团旗被缴，团长被击毙，全团几乎被全歼，在美军战史上是罕见的。这也是朝鲜战争中，志愿军唯一一次成建制地全歼美军一个团的光辉战例。

彭德怀闻讯大喜，发报“嘉奖第九兵团，嘉奖第二十七军”。

12 月2 日2 时，毛泽东致电志愿军总部并宋时轮：

庆祝第九兵团两次歼敌大胜利。

痛击美军陆战第一师

1950年11月30日，美军第十军军长阿尔蒙德少将匆忙赶到下碣隅里，召集陆战一师师长史密斯少将、第七步兵师师长巴尔少将，举行紧急会议。

阿尔蒙德复诵了麦克阿瑟总部的命令：撤出长津湖地区所有部队。

史密斯对阿尔蒙德的要求是："请给我时间和空中支援。派尽可能多的飞机，轰炸机、战斗机、运输机我都要，越多越好！"

阿尔蒙德答应，在海军陆战队撤退期间，将每天保证有300架以上的战斗机、舰载机、轰炸机协调部队的行动。

新兴里的美军三十一团被歼灭后，陆战队已经全线动摇，史密斯知道如果再不赶紧脱逃，步兵第三十一团的命运将会落在自己头上。他急令柳潭里的陆战第一师部队迅速突围，向下碣隅里靠拢。

12月1日，下碣隅里的机场跑道终于在史密斯师长的一再督促下完工了。当时在下碣隅里共有约5000名伤员，要带着这么多的伤员杀开血路撤至海边是根本不可能的，怎么办？空运！

这时候，一个军医感到奇怪，他所管的帐篷里有450

名伤员，当天却运走了941人。而且当他从机场回来时，发现帐篷里还有260人！史密斯对此大怒，当即宣布，由军医鉴定谁具有上飞机的资格！远东空军的运输机穿梭往返，很快将5000名伤员运走，甚至还包括200多具尸体。包袱终于卸掉了，现在，史密斯要跑了！

但是，美军的突围行动并不顺利。

美国海军陆战队史学家林思·蒙德罗斯写道："这不是撤退，而是无可奈何的蠕动，更谈不上是什么向另一个方向进攻。美国人的机械化装备成为他们的累赘。几个小时过去了，他们悲哀地发现他们还在老地方打转。"

12月1日，进至清津、惠山镇等地之美军开始向成兴地区撤退，柳潭里的陆战第五团和第七团也在大量飞机坦克支援下全力冲出包围，向下碣隅里靠拢。

此时，宋时轮知道他的战士们已经尽了最大的努力，第五十八师和第五十九师部队营连排三级干部绝大部分都被冻伤，战士们冻饿减员已达到惊人的地步。

而面对的美陆战一师陆空协同作战水平非常之高，近距空中支援的飞机在两军相距50米的距离内仍然敢进行凝固汽油弹的攻击，给阻击部队造成了惨重的伤亡。

12月1日9时，在柳潭里的美军陆战七团三营兵分两路，H连向公路东侧的1419高地，美军营主力G连和一连向公路西侧的1542高地同时发起攻击，以夺占这两个俯瞰公路的制高点，掩护后续部队沿公路开进。

在这两个高地上的志愿军二十军五十九师进行了顽

强抵抗。

得到飞机和大口径火炮直接支援的美军七团三营，从9时一直到15时，都没能取得任何进展。

至12月1日下午，美陆战七团团长利兹伯格上校命令七团一营投入战斗。

在美军飞机、大口径榴弹炮和迫击炮所交织的空地一体炮火压制杀伤下，1419高地上的志愿军五连和六连合在一起的战士也所剩无几，而美军借助高地山坡上丛生的杂草掩护，终于攻上高地。

阵地上的志愿军战士与冲上来的美军展开殊死的白刃肉搏，直到全部牺牲阵地才告易手！

此时已经是1日19时30分了！然而，围绕1419高地的战斗还没结束，当晚志愿军五十九师抽调5个排的兵力，再次实施攻击。经过激战后，于2日3时，又夺回了1419高地。

美军在志愿军多层坚固的阻击阵地面前束手无策，决定在夜间避开公路以越野机动穿越防线。

为此，美一营进行了充分准备，所有人员除规定弹药外多带一个子弹袋，每人都携带鸭绒睡袋和4餐份的战地口粮。

21时，美军一营从1419高地出发，背负着沉重的装备，在零下三四十摄氏度的寒冷冬夜的没膝雪地里行军。

这种行军对于志愿军来说是家常便饭，而对于美军来说则是破天荒的第一遭。

志愿军根本没有想到有着“少爷兵”之称的美军会如此行动，因此美军一营行军途中没有受到任何攻击。否则，恶劣的天气和险恶的地形再加上志愿军的阻击，一营恐怕是在劫难逃了。

至次日中午，一营美军终于突破志愿军的阻截，到达德洞山口，解救了一个美军加强连，也使柳潭里的陆战五团和七团主力的后撤成为可能。

整个增援行动，美军一营伤亡虽小，但有两人因恐惧、寒冷引起精神失常，只好被强行绑在担架上随军前进，结果全被冻死。

疲惫之极的美国大兵们刚到目的地，听到休息的口令，全都一头倒在雪地里睡去，全然不顾寒冷和纷飞的子弹。

12 月 1 日，继柳潭里美军开始突围后，清津的南朝鲜军首都师和惠山镇的美军第七师第二十一团也相继开始向咸兴后撤。2 日起，社仓里的美军第三师第七团也开始南撤。

鉴于东线美军全线后撤的迹象已十分明显，中央军委 12 月 2 日 13 时电示志愿军总部及九兵团：

> 争取于今明两晚基本解决被我包围之陆战一师等部最为有利，在未解决战斗前，望切实注意加强黄草岭南北之阻援与阻止突围之敌力量。

根据中央军委和志愿军总部加紧解决被围美军的指示，第九兵团决定全力以赴组织一切力量，围追堵截，歼击长津湖地区美军。

就在下碣隅里美军紧张进行撤退准备时，宋时轮自始至终都是一个“打”字，不管局面多么困难。

他再次根据战场情况调整部署：

> 二十六军主力围歼下碣隅里美军，得手后再南下直取成兴；二十七军结束柳潭里战斗后休整两天，主力取道社仓里、黑水里向咸兴攻击，另以一个团攻取五老里，配合二十六军和二十军围歼当面美军；二十军以一部继续围攻古土里，主力进至黄草岭地区，阻止美军打援，待二十六军结束下碣隅里战斗后再全力攻击古土里，另派八十九师进至上、下通里地区，封闭长津湖地区美军退路。

该方案上报后即获得中央军委和志愿军总部的批准。

然而，二十六军部队再次让宋时轮失望了，因大雪没膝，路途遥远，更因美军大规模的空袭影响，部队行动困难，迟至12月6日晚才到达预定位置。可史密斯一大早就卷着全部家当逃向了古土里！

12月6日4时30分，陆战一师开始突围。陆战七团

向古土里逐步推进，陆战五团经激战攻占东山。史密斯一见进展顺利，便坐上直升机自己先飞到了古土里遥控指挥。

但直到日落时分，志愿军七团仅前进了7公里，刚过全程的三分之一。

随着天色逐渐暗淡下来，志愿军的抵抗也逐渐猛烈起来。天色刚黑，志愿军对东山就发起了大规模的反击。二十六军的先头部队克服重重困难，终于抓住了美军的尾巴。

在迫击炮和轻重机枪的掩护下，二十六军向东山发起了猛攻。此时美军一半在公路上，一半在下碣隅里村里，只要控制了东山就能切断公路上的陆战七团与村里陆战五团的联系，为下一步的分而歼之创造条件。

东山的得失直接关系到下碣隅里地区美军的生死存亡，美军也很清楚这点，在下午夺取了东山之后就火速在该地部署了包括坦克、迫击炮、无后坐力炮和火箭筒等重家伙在内的各种火器，构成了绵密的交叉火力网。天黑后，二十六军首次反击东山失利。

二十六军迅速调整部署，午夜2时，全线发起了更猛烈的总攻。不仅是对东山，而且对下碣隅里从东、南、西、北四面同时猛攻！而公路上的陆战七团也在二十六军的竭力阻击下，几乎是停滞不前。

志愿军迎着美军枪林弹雨英勇冲锋，前仆后继一直冲到20米距离，猛投手榴弹，呐喊着冲入阵地。美军士兵后来这样描述此次战斗：

> 从未见过如此之多的中国士兵蜂拥而至，一次次顽强地进攻。夜空时而被曳光弹交织成耀眼的火网，时而被照明弹照出可怕的光亮，中国士兵冲锋的身影在光亮下暴露无遗。
>
> 他们在陆战队的坦克、大炮、迫击炮和机枪面前，源源而来，其视死如归的勇敢精神令陆战队肃然起敬！

东山西面，美军派上了久经战阵的陆战五团二营，战斗相当激烈。美军 D 连阵地一度被突破，陆战五团立即投入预备队连，拼死进行反冲击，才总算恢复了阵地。

东山南侧，美军在志愿军强大压力下死伤惨重，被迫放弃了前哨阵地，收缩力量确保核心阵地。只有在东山西北，美军由于得到了 3 辆坦克的直接支援，火力雄厚，才勉强保住阵地。

公路上，陆战七团一营再次进行夜战，在坦克掩护下攻占了 1182 高地，为公路上的二营打开了通路。二营随后用推土机清除了志愿军堵塞在公路上的路障，工兵修复了桥梁，这才一路战斗一路行军。

速度也极其缓慢，有的部队每天前进不足 1 公里。

志愿军连续炸毁美军的最后出路水门桥，希望能最后拦住美军。但美军从日本空运来了架桥装备，一夜之

间就架好了简易军用桥。

从7日18时起，1000余辆车辆、坦克都从这座由天而降的桥梁上通过。

到美军陆战一师登上军舰撤往咸兴时，史密斯师长痛苦地发现，全师战斗减员4400多人，非战斗减员7300多人，这是这支王牌部队受过的最为惨重的打击。

长津湖之战，成了“陆战队历史上最为辛苦的磨难”。

四、战役结束

●一辆向南行驶的南朝鲜军队第六师的卡车绕过英军故障车，越过公路中央与开得飞快的沃克的吉普车迎面相对。

●抗美援朝的胜利，在一夜之间，“支那”这个蔑称在日本大众的口语中消失了。

●斯大林看着战报说：“这是一支伟大的军队，彭德怀是东方杰出的统帅。”

收复三八线以北地区

"联合国军"在东西两线遭到志愿军沉重打击后，被迫放弃在平壤、谷山、元山一线建立新防线阻止志愿军南进的企图，并于12月3日开始向"三八线"实施总退却。

根据这一情况，毛泽东于12月4日指示志愿军准备先打平壤，"如平壤敌已退，则向'三八线'攻进"。

据此，彭德怀在当日24时作出如下部署：

> 先以3个师分三路向南推进，威胁平壤，试探美军企图，如果美军守平壤，准备以1个军和人民军1至2个师佯攻平壤，而集中5个军首先歼灭成川、江东、遂安、谷山、新溪地区美军；得手后，主力南进威胁汉城，调动平壤美军南撤，乘美军南撤在运动中追击、侧击之。
>
> 第九兵团歼灭被围美军后，相机进占咸兴。如"联合国军"放弃平壤、元山线时，我即追越"三八线"，相机进攻汉城。

毛泽东同意了这一部署。

当晚，西线我第四十军一个师向肃川、安州方向，第三十九军一个师向舍人场方向，第四十二军一个师向成川江东方向，分路向美军进逼。

12 月6 日,“联合国军”在我军压迫下，全部向“三八线”退却，我军收复平壤。

战斗在美军后的朝鲜人民军和游击支队，积极配合正面部队作战，主动截歼逃跑美军，先后收复镇南浦、铁原、新溪、沙里院等重要城镇。

12 月7 日，得悉美军准备弃守元山。根据美军分布和调动情况，判断美军似企图以“三十九度线”为运动防御线，而以仁川、汉城及开城、抱川、春川、襄阳为骨干，防守“三八线”，以达其政治欺骗、军事上拖延时间，图谋再逞之目的。

为粉碎美军固守“三八线”企图，12 月8 日志愿军决定集中西线主力，于17 日攻歼中和、祥原、遂安地区美军。

同日，彭德怀还向毛泽东建议：如能歼灭上述美军或给予歼灭性打击，我即越过“三八线”，相机取得汉城；否则即不越过“三八线”，因过远南进，驱退美军至大邱、大田一带，增加以后作战困难。故拟在“三八线”以北数十公里停止，让美军占“三八线”，以便明年再战，歼灭美军主力。但需派朝鲜人民军二、五军团南进，造成带战略性的断美军后路。

12 日，西线我6 个军按照这一计划开始向“三八线”挺进。

美军未作抵抗，继续南撤。16日，西线全部撤至“三八线”以南。

23日，我军逼近“三八线”，进至金川、九化里、朔宁、涟川、铁原、华川地区集结，准备进行新的战役。

人民军第一军团越过“三八线”进占延安半岛和瓮津半岛。原在“联合国军”战线后方的朝鲜人民军第二、第五军团各一部也越过“三八线”进而占领春川、加平。

东线，美第七师一部和南朝鲜第三师、首都师自惠山镇、清津等地分从陆路和海上撤退，于14日撤到兴南地区。美陆战第一师残部亦撤向咸兴、兴南。

这时，人民军已于9日收复元山，切断了“联合国军”陆上退路。于是，“联合国军”调集了300余艘舰船至兴南港，准备从海上撤退。

为给“联合国军”以更大打击，第九兵团的两个军不顾连日作战疲劳，在冻饿情况下，同朝鲜人民军第三军团继续追歼南逃的“联合国军”。

17日占领咸兴，19日占领涟浦机场并各歼美军一部；随后，直逼兴南港。

美军在兴南港以陆海空火力构成严密火网，掩护其部队登船从海上逃跑。

24日16时，我收复兴南地区及沿海各港口。

至此，除襄阳一地外，“联合国军”全部被中朝人民军队赶到“三八线”以南，第二次战役遂告胜利结束。

沃克在败退中身亡

1950 年 12 月 23 日上午，自撤退之后一直郁郁寡欢的美第八集团军沃克将军，决定乘吉普车到汉城北边的议政府给士气低落的前线部队打气鼓劲。

和往常一样，他和贴身警卫坐在他那辆特殊的吉普车上，由他长期的司机贝尔顿军士长驾驶。第二辆紧随其后的吉普车上坐着全副武装的卫兵。

沃克出行，大都是这般阵势，两辆吉普车风驰电掣，挂着警灯、安着警笛、架着机枪，尽显集团军首席指挥官的排场和威风。

他的副官得知将军的儿子萨姆·沃克中尉获得了二等银星勋章，便建议沃克此次上前线时顺便授奖。

副官把勋章很醒目地别在吉普车后座上，然后吉普车出发了。

天气很冷，雾蒙蒙一片，路面铺上了一层冰。一路上，副官总觉得司机贝尔顿的车开得太快，他屡次劝沃克让他慢点开。但沃克和贝尔顿一起经历过第二次世界大战，他相信贝尔顿的驾驶技术。

此时，南朝鲜军第六师的一批运输车辆正排着长龙向他们朝南驶来。

这时，一辆向南行驶的南朝鲜军队第六师的卡车绕

过英军故障车，越过公路中央与开得飞快的沃克的吉普车迎面相对，两车紧急避让躲闪勉强错开，但还是发生擦车。南朝鲜军车保险杠左首擦着吉普车，使它突然转向，冲向路边，翻到路堤下面。沃克中将被压在吉普车下，颈部受创身亡。

紧随沃克的第二辆吉普车上的卫兵目睹了这起车祸惨剧。

沃克的吉普车没有装甲护挡，只是在底部装有一块装甲板以保护沃克免遭地雷伤害。每次出行，有着特有标志的沃克的吉普车闪着红灯、鸣着警笛，威风八面，而沃克又总爱站在车上，抓着横杠，一副盛气凌人的样子。

朝鲜的土路尘土很重，沃克的两辆急驰的吉普车高速行驶时，常常是尘土飞扬，绝尘而去。沃克，就如同他的第八集团军在朝鲜战场上的骄横一般，他和他的坐骑也是霸道无比。

李承晚获悉后，异常恼怒。他下令处决南朝鲜军那个开车的司机，但遭到美第八集团军司令部的反对。最后死刑虽然被取消了，但还是判了那名司机3年监禁。

世界各国称赞志愿军

1950 年 12 月 24 日，抗美援朝第二次战役胜利结束。志愿军胜利进抵“三八线”。

在这场震撼世界的大战中，彭德怀将志愿军传统的穿插迂回战术发挥得淋漓尽致，使麦克阿瑟大开了眼界。

经过这场在清川江边和长津湖畔的殊死较量，中国人民志愿军彻底扭转了朝鲜战局，收复了“三八线”以北除襄阳之外的全部地区。

这就是“清长大捷”。

整个世界都对这巨大得令人难以置信的胜利感到震惊。近代以来就看不起中国的日本人受到的震撼最大。一夜间，“支那”这个蔑称在日本大众的口语中消失了。

美国人则直截了当地承认：

> 美国传统的理想和正义观被中国的大军粉碎了，美国人大概从未受到过如此严重的创伤和挫折！

连狂妄的麦克阿瑟也沉痛地发现自己的中国知识旦夕间全部过时了。

正如英国牛津大学战略学家罗伯特·奥内尔的评价：

中国从他们的胜利中一跃而成为一个不能再被人轻视的世界大国。

如果中国人没有于1950年11月在津长战场稳执牛耳，此后的世界历史进程就一定不一样。

斯大林看着战报说：

这是一支伟大的军队，彭德怀是东方杰出的统帅。

必须迅速在1951年3月前完成中国同志36个步兵师的全部装备订货，还要立刻送过去3000辆汽车。

实力是赢得尊重的捷径，苏联全社会都对中国军队能用那么简陋原始的武器打败“联合国军”感到十分钦佩。

从此，新中国强大的形象在世界上就树立起来了。

参考资料

《亮剑长津湖》胡海波编著 军事科学出版社
《当代中国的抗美援朝战争》《抗美援朝战争》编辑中国社会科学出版社委员会编
《朝鲜战争实录》解力夫著 世界知识出版社
《朝鲜战争中的美英战俘纪事》边震遐著 解放军文艺出版社
《正义与邪恶的较量》程来仪著 中央文献出版社
《中国人民志愿军征战纪实》王树增著 解放军文艺出版社
《志愿军援朝纪实》李庆山著 中共党史出版社
《三十八军在朝鲜》江拥辉著 辽宁人民出版社
《三十九军在朝鲜》吴信泉著 辽宁人民出版社
《志愿军十虎将》宋国涛编著 中共党史出版社
《万岁军：38 军抗美援朝纪实》吴成槐主编 辽宁美术出版社
《我们打败侵略者》（上）孙忠同主编 长征出版社
《抗美援朝的故事》贺宜等著 启明书局
《王平回忆录》王平著 解放军出版社
《抗美援朝纪实：朝鲜战争备忘录》胡海波著 黄河出版社

《抗美援朝战场日记》李刚著 解放军文艺出版社

《血与火的较量：抗美援朝纪实》栾克超著 华艺出版社

《烽火岁月：抗美援朝回忆录》吴俊泉主编 长征出版社

《开国第一战：抗美援朝战争全景纪实》双石著 中共党史出版社

《震撼世界一千天：志愿军将士朝鲜战场实录》林源森等主编 中国社会科学出版社

《志愿军勇挫强敌的十大战役》姚有志 李庆山主编 白山出版社

《伟大的抗美援朝运动》中国人民抗美援朝总会宣传部编 人民出版社

《朝鲜战争》李奇微著 军事科学院外国军事研究部译 军事科学出版社